o **ACENTO** de **CONTEÚDO**

Ateliê Editorial
Trinta Anos

o ACENTO de CONTEÚDO

semiótica do MAIS e do MENOS

luiz TATIT

Ateliê Editorial

Dados Internacionais de Catalogação na Publicação (CIP)
(Câmara Brasileira do Livro, SP, Brasil)

Tatit, Luiz
O Acento de Conteúdo: Semiótica do Mais e do Menos / Luiz Tatit. – Cotia, SP: Ateliê Editorial, 2025.

Bibliografia.
ISBN 978-65-5580-181-1

1. Conteúdo – Análise (Comunicação) 2. Linguagem 3. Linguística. 4. Música 5. Semiótica I. Título.

25-300882.0 CDD-401.41

Índices para catálogo sistemático:

1. Semiótica: Linguagem e Comunicação 401.41

Eliane de Freitas Leite – Bibliotecária – CRB-8/8415

ATELIÊ EDITORIAL
Estrada da Aldeia de Carapicuíba, 897
06709-300 – Granja Viana – Cotia – SP – Brasil
contato@atelie.com.br
www.atelie.com.br blog.atelie.com.br
f /atelieeditorial /atelie_editorial

Printed in Brazil 2025
Foi feito o depósito legal

Este trabalho foi realizado com bolsa de Produtividade em Pesquisa concedida pelo CNPq.

Sumário

Apresentação

Este volume é dedicado ao *acento* do plano do conteúdo. Embora seja uma noção oriunda do plano da expressão e, portanto, já bem conhecida nas áreas da fonologia, da música e da literatura poética, o seu ingresso recente no campo do sentido despertou a atenção dos semioticistas para o potencial analítico e as implicações teóricas da nova aquisição conceitual. Mas tudo indica que é preciso definir melhor o seu alcance quando se trata de descrever campo mais abstrato, como o da própria linguagem oral.

Sabe-se que dentre as linhas de pesquisa que floresceram no seio da semiótica de Algirdas Julien Greimas tem sobressaído com certa frequência a vertente tensiva, a que propõe medidas não numéricas para a apreciação subjetiva do mundo em geral e dos seres que conosco interagem no cotidiano. Essa linha destacou a importância da intensidade afetiva na análise do sentido e considerou que toda movimentação narrativa e discursiva já vem impregnada e dirigida por um núcleo acentual de caráter emotivo que, a depender do seu grau de tonicidade, faz da existência semiótica, muitas vezes branda, uma *presença* notável no chamado espaço tensivo de descrição. Foi essa condição que levou o pensador francês Claude Zilberberg a lançar alguns critérios originais para se avaliar o *quantum* de presença possui uma grandeza, um fenômeno, um acontecimento ou mesmo um conceito submetidos à análise. Para tanto, esse autor substituiu os conhecidos semas, como unidades mínimas do conteúdo, pelos incrementos – *mais* e *menos* (e suas combinatórias) –, "frações mentais"[1] que servem para aumentar ou diminuir o valor de um objeto ou fato em observação.

Começo com um depoimento pessoal. Em 1995, enviei ao professor Zilberberg o meu primeiro livro consagrado à então incipiente semiótica tensiva[2]. Inseri na encomenda uma pequena lista de perguntas sobre a sua atuação semiótica naquele momento preciso. Depois de duas ou três semanas o correio me trouxe sua longa resposta em carta manuscrita que, entre outras coisas, destacava o seguinte:

> [...] enquanto a semiótica dedicava-se a uma "fonologização da semântica", denunciada por Hjelmslev, eu propus e proponho constantemente uma "prosodização da semiótica". Hjelmslev teria aceitado esta consequência necessária? Acho que não, mas não tenho como demonstrá-lo[3].

1. Claude Zilberberg, *La structure tensive*, Liège, Presses Universitaires de Liège, 2012, p. 51.
2. Trata-se da publicação *Semiótica da Canção: Melodia e Letra*, São Paulo, Escuta, 1994.
3. "[...] alors que la sémiotique s'engageait dans une 'phonologisation de la sémantique', dénoncée par Hjelmslev, j'ai proposé et je propose toujours une 'prosodisation de la sémiotique'. Hjelmslev aurait-il accepté cette conséquence nécessaire? Je pense que non, mais je n'ai pas les moyens de le démontrer" (Claude Zilberberg, trecho de carta manuscrita em 1995).

Talvez eu já tivesse lido essa expressão (prosodização da semiótica) em seus textos anteriores, mas a ênfase com que ela ressurgia nessa carta pessoal me chamou especialmente a atenção. O que exatamente entendia ele por "prosodização"? Seria apenas nova importação conceitual do plano da expressão, com mais amplitude que "fonologização", ou outra forma de dizer, à maneira de Herman Parret[4], que já era hora de promovermos uma "musicalização da semiótica"?

Fiquei atento às novas aparições da expressão em seus textos subsequentes. Na verdade, foram muitas e suficientes para motivar uma dedução óbvia: ainda que se dedicasse à semiótica, Zilberberg manteve especial admiração pela retórica, particularmente pelo modo como esta "arte do bem dizer" acentua os seus conteúdos, aumentando o vigor e a vivacidade do discurso. Figuras como hipérbole, amplificação, além de outras construções exclamativas e afetivas são reunidas pelo semioticista no quadro geral do conceito de *ênfase*, este ornamento de estilo capaz de absorver a atenção do enunciatário de modo quase exclusivo. O lexicógrafo Michel Pougeoise nos conta que, "em grego tardio, a acepção de ênfase ainda mantém o étimo *phainein* 'fazer brilhar' e designa portanto uma figura de retórica que contribui para uma 'expressão forte'"[5]. Na realidade, o semioticista francês absorve essa ênfase da retórica, mas sempre à luz da noção antropológica de *acento* que, nos trabalhos de Ernst Cassirer, se converte em expressões como "acento da significação", "acento valorativo" ou "acentuação da existência". A partir da oposição entre o sagrado e o profano,

4. Herman Parret, *Le sublime du quotidien*, Paris/Amsterdam, Éditions Hadès-Benjamins, 1988, p. 252.
5. "En grec tardif, l'emphase a encore pour étymon *phainein* 'faire briller' et désigne alors une figure de rhétorique qui contribue à une 'expresion forte'" (Michel Pougeoise, *Dictionnaire de rhétorique*, Paris, Armand Colin/vuef, 2001, pp. 112-113).

tão peculiar à consciência mítica, o autor alemão já identificava a categoria intensa do primeiro conceito contraindo a extensão própria do segundo, assim como em nossos textos cotidianos cabe ao acento de conteúdo condensar a natureza evolutiva do discurso racional. Trata-se, segundo Cassirer, de

> [...] concepção mental que é contrária ao pensar teórico e "discursivo". Pois, se este tende à expansão, à concatenação e à conexão sistemática, as apreensões linguística [da língua natural básica] e mítica, ao contrário, tendem à condensação, à concentração e à caracterização isolada[6].

Mas tudo ainda indicava que Zilberberg procurava igualmente uma sintaxe do acento, algo que percorresse da ausência de ênfase (o inacento) à presença hegemônica do elemento acentuado, o qual, por sua vez, pudesse decrescer com menor ou maior velocidade até uma eventual dispersão ou mesmo eliminação do sentido. Mas para isso o semioticista já dispunha de outro foco de admiração teórica que não foi muito difícil localizar. Desde a sua obra monumental, *Razão e Poética do Sentido*[7], cujo original francês foi lançado em 1988, já estava definida a silabação saussuriana como uma *poiese*, que hoje pode ser tomada como a forma de construção (e desativação) do acento, ainda que o linguista suíço, ao seu tempo, o concebesse como um "ponto vocálico"[8]. Por isso, nos capítulos que seguem, em especial no segundo ("O Ritmo que Vem das Sílabas"), retomaremos as explicações sobre o vínculo entre funcionamento silábico e as quantificações subjetivas que estabelecem hierarquias

6. Ernst Cassirer, *Linguagem e Mito*, São Paulo, Perspectiva, 2013, p. 73.
7. Claude Zilberberg, *Razão e Poética do Sentido*, São Paulo, Edusp, 2006.
8. Referimo-nos ao capítulo "O Fonema na Cadeia Falada" (pp. 62-78) do livro clássico de Ferdinand de Saussure, *Curso de Linguística Geral*, São Paulo, Cultrix, 1971.

acentuais e orientam nossas apreciações do sentido. Veremos como o conceito de *explosão* (abertura da sonoridade vocal) no encadeamento silábico gerou, no plano do conteúdo, a ascendência acentual regida pela predominância do *mais*, assim como a *implosão* (estreitamento e oclusão da sonoridade vocal) gerou a descendência brusca ou gradativa sob a influência do *menos*.

Zilberberg não parou por aí. Ao lado da silabação saussuriana, o semioticista encontrou um modelo mais amplo e talvez mais consensual para caracterizar uma prosodização, com modulações ascendentes e descendentes, no grande ensaio de Gisèle Brelet intitulado *Le temps musical*[9]. A filósofa e musicista já reconhecia, em 1949, um parentesco entre a música de concerto e a língua natural, quando identificava a modulação ascendente com a prótase ("grande prótase", segundo Brelet) e a modulação descendente com a apódose ("grande apódose")[10] e ainda levava em conta as passagens gradativas no interior de ambas as inflexões[11]. Diante disso, não pude deixar de pensar que sua reflexão sobre os contornos melódicos procedentes da língua natural seria muito mais fecunda se, em vez relacioná-los à música erudita, o autor tivesse como referência a canção midiática. Esta, sim, se baseia quase literalmente nas curvas melódicas sugeridas pela linguagem coloquial. A prótase e a apódose vêm expressas toda vez que o intérprete entoa uma canção. Mas, infelizmente, mesmo depois de um século de hegemonia dessa linguagem em quase todas as culturas do planeta, ainda são poucos os olhares teóricos sobre esse universo popular,

9. Gisèle Brelet, *Le temps musical: essai d'une esthétique nouvelle de la musique*, Paris, PUF, 1949, 2 vols.
10. Ver também *idem*, p. 284.
11. Claude Zilberberg, *La structure tensive*, pp. 92 e 99.

sobretudo nas nações europeias. Explicaremos o papel da canção no modelo acentual nos capítulos quarto e quinto deste trabalho.

Quanto à noção de acento na semiótica tensiva escrita por Zilberberg, posso afirmar que ela ocupa um lugar de destaque no ferramental construído pelo semioticista. Basta dizer que a palavra "acento" aparece 52 vezes em sua obra fundamental, *Elementos de Semiótica Tensiva*, e nos momentos cruciais de construção da teoria. Por outro lado, ela não consta da listagem dos principais verbetes que compõem o glossário específico dessa linha de pesquisa criado pelo próprio autor, como se ainda houvesse certa hesitação em admitir o seu caráter imprescindível no quadro geral da semiótica (ciência do conteúdo), ou, talvez, como se o conceito de tonicidade já cobrisse plenamente o seu sentido no interior da intensidade.

Ora, o acento é o coração da prosodização da semiótica pleiteada reiteradamente por Zilberberg. Em seus trabalhos das últimas décadas, o autor manifestou sua preferência pela expressão "prosodização do conteúdo", mais de acordo com a especificidade do seu projeto. De todo modo, não há como tratar do conteúdo sem acentuar os seus valores e, no ato, distingui-los dos demais. Afinal, sem acento não há direção, logo não há sentido para orientar as modulações que se aproximam e se afastam do seu núcleo. É este papel proeminente do acento que este livro pretende defender. E a paráfrase é irresistível. Será que o próprio Zilberberg teria aceitado esta consequência necessária? Acho que não, mas também não tenho como demonstrá-lo. Nem interesse em fazê-lo.

* * *

Há versões dos capítulos deste trabalho já publicadas em periódicos especializados, obras coletivas ou revistas eletrônicas:

1. "O Acento Mítico na Semiótica" saiu na revista *Estudos Semióticos* [*online*], vol. 16, n. 3, 2020.
2. "O Ritmo que Vem das Sílabas" saiu na revista *Estudos Semióticos* [*online*], vol. 17, n. 3, 2021. Saiu também em francês, "Le rythme qui vient des syllabes", na *Acta Semiotica*, vol. II, n. 3, 2022.
3. "Apreciação do Sentido: O Acento e as Modulações de Conteúdo" saiu na revista *Gragoatá* [*online*], vol. 28, n. 62, 2023 (Niterói). Sua versão francesa, "Appréciation du sens: l'accent et les modulations du contenu", saiu como capítulo da obra *La sémiotique et ses potentiels*, organizada por Amir Biglari, Paris, L'Harmattan, 2025.
4. "Da Prosódia Fundamental à Prosódia Vocal e Vice-Versa" saiu como capítulo da obra *Semiótica: Horizontes, Perspectivas, Debates*, organizada por Renata Mancini, Waldir Beividas e Ivã Carlos Lopes, Campinas, Pontes Editores, 2024. Sua versão em francês, "De la prosodie fondamentale à la prosodie vocale et vice versa", saiu nas *Actes sémiotiques* [*en ligne*], n. 129, 2023.
5. "A Forma do Acento e da Modulação" permanece inédito até este momento.
6. "Enunciação como 'Estimação Subjetiva'" saiu em versão espanhola, "La Enunciación como 'un Fenómeno de Estimación Subjetiva'", na revista *Tópicos Del Seminario*, vol. 1, n. 53, ene.-jun. 2025.
7. "O Papel do Destinador Transcendente nos Acontecimentos" saiu na revista *Estudos Semióticos* [*online*], vol. 20, n. 3, 2024.

1.
O Acento Mítico na Semiótica

Da Implicação à Concessão

Como analisar um objeto indecomponível, imprevisível e muitas vezes impactante, servindo-se de métodos classificatórios, gramáticas baseadas na espera (a presença de um elemento determinando a presença de outro) e longos discursos explicativos? Esse é o desafio de quem abraça o espinhoso tema do "acontecimento", no sentido preciso de algo que surge ao sujeito independentemente do seu controle ou da sua participação. Pois foi esse desafio que se tornou tópico essencial da pesquisa do pensador francês Claude Zilberberg e que o fez procurar respaldos argumentativos fora do ambiente semiótico.

Para o autor, é inerente às linguagens de modo geral a composição do pensamento numa ordem implicativa, na qual a boa explicitação das causas e consequências garante a homogeneidade do conteúdo ao longo do discurso. Nesse caso, o elo entre os componentes é estabelecido de maneira a não deixar dúvidas quanto ao teor da mensagem final. É o que favorece também a aceitação fiduciária da mensagem enunciada. Segundo Zilberberg, tal junção implicativa entre os conteúdos dos sintagmas nos ajuda a crer na plausibilidade do tema transmitido ou, em suas palavras, a "crer no acreditável". Exemplo na comunicação cotidiana: "faltei ao encontro *porque* estava em outra cidade".

Mas as linguagens são igualmente veículos de mensagens formuladas numa ordem concessiva, e aqui sobressai a contribuição específica do autor francês. O que temos nessa situação é a junção de conteúdos considerados distantes entre si. Não há contiguidade nem decorrência e sim uma aproximação brusca de sintagmas que, em princípio, resistiriam à união. O dispositivo geralmente empregado para consumar essa inesperada associação é justamente a conjunção concessiva. Do ponto de vista fiduciário, o sujeito leva o seu interlocutor a "crer no inacreditável"[1]. Na linguagem cotidiana: "fui ao encontro, *embora* estivesse em outra cidade".

Se à primeira vista esses exemplos nos dão a entender que a ponderação contida no discurso implicativo torna-o mais consensual e frequente nas interações sociais, e que o salto de conteúdo provocado pelo discurso concessivo cria um efeito de estranhamento quase sempre evitado pelos falantes, um exame mais atento dos dois casos não confirma essa impressão. Assim como buscamos causas e consequências em nossas argumentações, em especial quando adotamos certa racionalidade discursiva, temos todas as condições linguísticas para propor novas conexões entre temas e situações nunca antes interligados. Por meio das linguagens, verbais e não verbais, podemos desenvolver tanto o pensamento implica-

1. Claude Zilberberg, *Elementos de Semiótica Tensiva*, Cotia (SP), Ateliê Editorial, 2011, pp. 243-244.

tivo quanto o pensamento concessivo. É comum ouvirmos que o primeiro tipo, em sua caracterização extrema, viceja mais entre cientistas e filósofos, enquanto o segundo se manifesta em geral entre os artistas. Mas isso também não se sustenta. Não há teoria sem alguns saltos concessivos nem criação sem nenhuma lógica implicativa. Talvez tenhamos simples predominâncias de um tipo sobre o outro quando fazemos ciência ou nos dedicamos às artes.

O "projeto de ciência" implementado por Algirdas Julien Greimas na década de 1960, conhecido como semiótica de origem francesa, exibe em seu importante núcleo narratológico um exemplo típico do pensamento implicativo. O progresso narrativo é medido por aumento gradual dos papéis actanciais, pelas dinamizações modais e pela sucessão dos programas que conduzem as etapas de manipulação, ação e sanção. Zilberberg, seguidor de Greimas, assimilou e aprofundou as operações desse modelo narrativo, mas sempre sentiu falta de categorias que previssem, não os acontecimentos em si, pois isso seria um contrassenso (acontecimentos são imprevisíveis), mas um lugar teórico onde se alojariam esses fenômenos inesperados e resistentes à formulação gramatical.

No modelo de Greimas a prevalência implicativa em todos os tópicos é notória, mas Zilberberg sempre temperou sua adesão à semiótica com escapadas para se alimentar em outras áreas tais como a literatura e a filosofia. No primeiro caso, chama a atenção o seu interesse especial pelo pensamento solto e aos saltos dos *Cahiers* de Paul Valéry e, no segundo, pela concepção prosódica, apurada no "acento da significação", noção que muitas vezes orientou os estudos antropológicos de Ernst Cassirer[2].

2. Ernst Cassirer, *Linguagem e Mito*, p. 108.

Base Concessiva da Existência

O entusiasmo do semioticista pelo raciocínio concessivo, por exemplo, tem sólido respaldo num dos aforismos do poeta francês: "toda coisa que existe, se não existisse, seria altamente improvável"[3]. Trata-se de uma espécie de *big bang* da existência de "tudo" a partir de uma simples proposição de fundo concessivo (existe, *embora* essa existência fosse considerada altamente improvável), que, como vimos, é capaz de nos fazer crer no inacreditável. Ao tentarmos compreender algo fundamental e complexo como o surgimento da vida unicamente neste planeta – só a Terra teria reunido as condições essenciais (água em estado líquido, composição atmosférica, distância adequada do sol, coincidências químicas etc.) para hospedar as inúmeras formas de vida existentes –, temos que concordar com Valéry. Afinal, nossa consciência de seres humanos, se pudesse desfrutar de alguma autonomia para calcular todos os fatores envolvidos num eventual "projeto" de construção da vida, certamente desistiria do empreendimento. Mas, contra todas as evidências, esse projeto já foi executado muito antes de nos propormos a questão, o que não deixa de ser um alívio para a nossa limitada capacidade humana. Só nos resta – o que não é pouco – entender como isso se deu ou pelo menos demonstrar que todos os acontecimentos de nossa existência, fascinantes ou tormentosos, emulam em diversos graus esse *big bang* original.

Desse modo, "coisa", na formulação de Valéry, pode equivaler a acontecimento inesperado[4], fenômeno que sobrevém com frequência, alterando nossas expectativas e modificando, para o bem ou

3. "Toute chose qui est, si elle n'était, serait énormément improbable" (Paul Valéry, *Cahiers*, Paris, Gallimard, 1973, t. 1 (La Pléiade), p. 533).
4. Claude Zilberberg, *Elementos de Semiótica Tensiva*, p. 174.

para o mal, os nossos planos de futuro. Mas tal acontecimento, que pode ser tratado como algo momentâneo no plano da realização, adquire *status* de conteúdo durável quando o examinamos à luz de outro aforismo do poeta: "o que existe uma vez, existe sempre, potencialmente"[5]. Aqui não estamos mais na realização, e sim na potencialização[6], termo utilizado por Valéry em sua forma adverbial e consolidado na semiótica como categoria resultante da apreensão que o sujeito faz de uma grandeza ou de um acontecimento no espaço tensivo. Depois de uma plenitude conjuntiva com tais fenômenos, estes perdem aos poucos o seu caráter espantoso ou surpreendente, mas ganham um lugar específico na memória do sujeito, de acordo com o impacto que causaram na fase da realização.

Quando retratamos uma experiência inesquecível, por exemplo, significa que algo nos afetou com altíssima tonicidade, a ponto de ocupar uma posição privilegiada em nossa memória. O que entra em cena, nesse caso, é a acepção tônica da palavra potencialização: aumento da potência. Nem sempre, porém, os acontecimentos possuem caráter marcante e, mesmo assim, não deixam de ser acontecimentos. Apenas são absorvidos com menos intensidade. Para explicar isso lançamos mão do outro sentido de potencialização, geralmente lexicalizado como potencial ou potencialidade. Nessa acepção átona, mais comum nas experiências cotidianas, nossas apreensões tornam-se apenas latentes ou inativas (potenciais) em nossa mente[7].

5. "Ce qui est une fois, est toujours, potentiellement" (Paul Valéry, *Cahiers*, t. 1, p. 1232). Ainda que, neste contexto, "est" pudesse ser mais bem traduzido por "ocorre" ou mesmo "acontece", preferimos manter a solução do primeiro aforismo: "existe".

6. Como se pode presumir, estamos nos reportando à oscilação dos modos de existência no quadrado semiótico. A conjunção, típica da realização, tende ao seu termo contraditório, a não-conjunção, que, por sua vez, indica a perda concreta do objeto, mas ao mesmo tempo sua potencial permanência reminiscente.

7. Trataremos especificamente desse tema no capítulo 6.

Especialmente interessado nos efeitos estéticos das obras de arte, Zilberberg estudou com mais afinco a potencialização tônica e a ela atribuiu em diversas passagens a razão da existência prolongada de certos conteúdos – e não de todos – na memória. Nas palavras do semioticista: "só o intenso é memorável"[8]. Essa ideia também vai ao encontro de outro aforismo valeriano: "o intenso tem, portanto, uma qualidade própria – a de persistir para além da duração de sua causa"[9]. É esse "intenso" que, muitas vezes, faz do sujeito um objeto, um ente apassivado e tomado pela experiência[10], a qual só poderá ser eventualmente reconstruída mais tarde, quando amenizar o efeito da alta tonicidade. Mas a lembrança em si é motivada pelo acento particular que incide sobre o acontecimento, não apenas por ser inesperado, mas também por ser especialmente significativo.

Base Prosódica da Existência

É pelo destaque dado à noção de acento ou de alta intensidade que Zilberberg vislumbra um ponto comum crucial entre Valéry e Cassirer. Cada qual a seu modo inspirou-se no vigor afetivo, motor do acento, como escala de apreciação dos valores que investem o sentido. O filósofo detém-se particularmente na "experiência expressiva pura"[11], anterior à intelectualização de todo fenômeno analisado e cujo entendimento nos conduz ao âmbito da apreen-

8. "Seul l'intense est mémorable" (Claude Zilberberg, "Remarques sur l'assiette tensive du rythme", em Michel Ballabriga e Patrick Mpondo-Dicka (dirs.), *Rythme, sens et textualité*, Toulouse, Champs du Signe, 2007, p. 41).
9. "L'intense a donc une qualité propre – qui est de persister au delà de la durée de sa cause" (Paul Valéry, *Cahiers*, t. 1, p. 1235).
10. Ernst Cassirer, *A Filosofia das Formas Simbólicas III*, São Paulo, Martins Fontes, 2011, pp. 129-130.
11. *Idem*, p. 152.

são mítica. Nesse universo, o conteúdo da experiência expressiva é avaliado de acordo com o "acento valorativo" que lhe atribui a comunidade e o sentimento mítico-religioso vivenciado pelos indivíduos. Desse ponto de vista, portanto, o que vale é a existência acentuada, talvez a melhor definição que podemos dar à noção de *presença* em semiótica[12]. Nas palavras de Cassirer: "Cada conteúdo miticamente significativo, cada relação de vida destacada da esfera do indiferente e do cotidiano, constitui, por assim dizer, um círculo próprio na existência [...]"[13].

Pode-se notar que o fenômeno mítico não equivale exatamente ao conceito de acontecimento estudado por Zilberberg, exceto pelo que traz de alta tonicidade. O caráter repentino e veloz, tão caro ao modelo do semioticista, não é o que responde pela força expressiva do evento descrito por Cassirer. O universo mítico é por natureza dramático, pois resulta de conflitos narrativos geralmente remotos e inerentes a essa visão de mundo. Em vez da novidade do fenômeno, o que importa é o acento que lhe é conferido pelo indivíduo e por toda a comunidade ou, em outras palavras, a cifra emocional, eufórica ou disfórica, que concentra e ilumina um aspecto do conteúdo distinguindo-o dos demais. Há coisas ou situações menos enfatizadas no interior da consciência mítica, mas todas elas encarnam "almas"[14] que, de uma hora para outra, podem se destacar no jogo dramático da vida. Se na perspectiva de Valéry existe, como vimos, uma concessão primordial (um *big bang*) cujo destino é se manifestar em todos os atos de aproxima-

12. Claude Zilberberg, "De l'affect à la valeur", em Marcello Castellana (org.), *Texte et valeur*, Paris, L'Harmattan, 2001, p. 55.
13. Ernst Cassirer, *A Filosofia das Formas Simbólicas II*, São Paulo, Martins Fontes, 2004, p. 185.
14. Ernst Cassirer, *A Filosofia das Formas Simbólicas III*, p. 121.

ção de conteúdos distantes, paradoxais, dando existência a esses acontecimentos, na teoria de Cassirer existe um acento primordial que também se reproduz, portando cifras emotivas, em certos fenômenos de expressão do dia a dia. É o mesmo acento que, em sua origem primeva, distinguia – e continua distinguindo – o sagrado do profano.

De fato, uma das noções centrais encontradas entre os povos melanésios – e igualmente em nações indígenas da América, da Austrália e da África, segundo o filósofo – é a de *Mana*, forma essencial para se referir à capacidade excepcional de um personagem, mas também à força sobrenatural de um objeto, de um lugar ou de um símbolo religioso, tudo que tenha caráter extraordinário e possa ser tonificado na vivência humana. Como a ideia de *Mana* não está associada a nenhum fenômeno em particular, mas pode ser aplicada a uma espécie de "apreensão mental", na qual impera a intensificação de alguém ou de algo, natural ou sobrenatural, Cassirer passa a concebê-la como uma espécie de predicação atribuída a qualquer conteúdo especialmente acentuado. Mais que isso, como se trata de uma "capacidade intensificada", desde sempre presente no universo mítico de numerosas culturas, o *Mana* pode ser visto pelo filósofo como uma protopredicação que não apenas serviu para sacramentar conteúdos essenciais do mundo religioso, mas também para identificar ao longo de toda a vida "o sublime do cotidiano"[15]:

> Esse tipo de predicação pode ser consignado como a protopredicação mítica-religiosa, visto que se consuma nela a grande separação, a "crise" espiri-

15. Expressão que virou título de um belo livro de Herman Parret, *Le sublime du quotidien*.

tual pela qual o sagrado se aparta do profano, e o peculiar, no sentido religioso, sai do círculo do que é, sob o ângulo religioso, desimportante, indiferente[16].

Nesses termos, mesmo quando destaca a novidade, o inaudito, o acento mítico recai sobre a restauração da origem. São os valores dessa memória que irrompem e espantam o sujeito: "[...] parece que as mitologias não têm como objeto a metáfora nova, *inouïe*, mas a projeção e a conservação dos sistemas de correspondência de grande envergadura"[17]. É essa origem que sobrevém com extrema relevância e atrai para si o ápice prosódico[18] do sentido mítico, como se decantasse perpetuamente os valores sacrais.

Pensamento Mítico

Claro que o interesse de Cassirer pela consciência mítica não é o mesmo dos antropólogos de sua época. Sua intenção é vislumbrar nos casos descritos por esses especialistas um modo de conhecimento que em nada lembra os métodos de compreensão científica da realidade e que, no entanto, jamais deixa de existir mesmo quando as civilizações consideradas avançadas não o admitam como prática eficaz. Ou seja, por mais que progridam as formas sistemáticas do mundo teórico, a visão mítica da realidade persiste como primeira abordagem individual e comunitária de um determinado núcleo de conteúdo. Em lugar da contínua expansão

16. Ernst Cassirer, *Linguagem e Mito*, p. 85.
17. Claude Zilberberg, "Aspects du mythe dans la *Philosophie des formes symboliques* de Cassirer", 1997, p. 10.
18. Na "prosodização da semiótica", implantada por C. Zilberberg, a construção do sentido dirige-se sempre ao seu ponto mais acentuado (prótase), do qual logo se afasta por obra das modulações discursivas.

do campo de conhecimento pelos modelos teóricos, a intuição mítica tende à condensação da experiência perceptiva, guiando-se pelo interesse subjetivo que o fenômeno desperta no sujeito: "Não desdobra o conteúdo particular; não avança nem retrocede a partir dele, para considerá-lo sob o ângulo de suas 'causas' ou de seus 'efeitos', mas descansa na simples existência deste conteúdo"[19].

Dessa condensação das forças de sentido num só ponto, a depender de sua intensidade, pode resultar, se pensarmos na distinção primária entre sagrado e profano, uma dada configuração divina ou demoníaca da experiência, mas pode também decorrer uma marca designativa verbal ou até mesmo uma imagem artística desse conteúdo. Tudo ocorre como se o pensamento mítico se completasse com a denominação linguística e a representação estética, muito antes de qualquer tentativa de articulação lógico-científica. Evidentemente, Cassirer refere-se aqui à linguagem verbal primária, aquela que no cotidiano emparelha-se com a consciência mítica de um povo, e não aos processos linguísticos elaborados pela ciência em seus procedimentos classificatórios ou gramaticais. Enquanto esses tendem a se expandir no campo conceitual para abranger outras zonas do universo perceptivo, a língua natural utilizada com eficiência por toda a população guia-se pelas intuições míticas da comunidade, denominando com especial zelo apenas os seus focos de significação. O que aparece em torno disso não deixa de ter sentido por certo, mas tende à invisibilidade pelo grau de atonização adquirido diante dos conteúdos acentuados.

A combinação de máxima concentração com a máxima intensificação, algo que numa instância primal poderia corresponder à configuração objetiva de deus, só é percebida como tal na esfera

19. Ernst Cassirer, *Linguagem e Mito*, p. 75.

mítica quando ganha uma direção fixada pelo interesse subjetivo do indivíduo no interior da sua comunidade. Essa direção, delineada pelo que é importante para o desejo, a espera ou mesmo a ação do sujeito, também possui valor prosódico, uma vez que culmina no acento. Aliás, um dos sentidos que deram origem à noção de espera (*attente*)[20], segundo o *Dicionário de Semiótica*, decorre justamente do significado de curva melódica ascendente do "prosodema entonação"[21]. Não é por outra razão que Zilberberg adota e adapta esse conceito de direção, mencionado muitas vezes por Cassirer, para designar a ascendência e descendência tensivas, que quantificam para mais ou para menos os conteúdos analisados. São conceitos que ajudam a prosodizar a semiótica[22].

Quando Cassirer pensa em direção, contudo, não se trata de processo ou duração que poderiam explicar *como* algo se dá ou se comporta. Esse modo de funcionamento é típico do pensamento científico. No campo mítico, o pensamento é sempre acelerado: salta em direção ao ponto de partida (mito da origem) ou ao ponto de chegada (mito do progresso ou da profecia), tentando revelar "a partir do *quê*" ou "para *quê*" um determinado conteúdo sobressai aos demais[23]. Como expressão do primeiro caso, Zilberberg reconhece os mitos "arqueológicos" e, do segundo, os mitos "escatológicos", mas não vai muito além dessas denominações[24].

20. Traduzido na versão brasileira como "expectativa".
21. Algirdas Julien Greimas e Joseph Courtés, *Dicionário de Semiótica*, São Paulo, Contexto, 2008, p. 196.
22. Embora o semioticista francês geralmente atribua o conceito de *direção* à noção hjelmsleviana de verbo, como categoria extensa, cremos que a sua condução teórica resvala em Greimas e se pauta principalmente pela mesma noção de Cassirer.
23. Ernst Cassirer, *A Filosofia das Formas Simbólicas II*, pp. 104-105.
24. Claude Zilberberg, "Aspects du mythe dans la *Philosophie des formes symboliques* de Cassirer", pp. 5-6.

De todo modo, pensar por acentos, com sua alta intensidade e foco concentrado, guiados por direções enunciativas, é o que há de mais proveitoso na visão mítica do mundo para compor o modelo tensivo. Em vez de unidades de pensamento, tais acentos caracterizam, por assim dizer, "unidades de sentimento" que devem servir de medida para a apreciação dos chamados estados de coisas[25].

O interesse dos estudos de Cassirer para a semiótica vem da importância que o filósofo confere ao mundo espiritual, repleto de significações e representações, que jamais deixa de existir mesmo depois de ser preterido pelo êxito das ciências lógicas e classificatórias, até porque esse mundo trouxe – e traz – consigo uma forma de conhecimento bastante eficaz para a sobrevivência e o desenvolvimento cultural de muitas gerações que não se beneficiaram do pensamento teórico. E quando fala de "conceitos linguísticos primários"[26], esse autor refere-se ao primeiro grau de conceituação que toda comunidade faz de sua experiência com os fenômenos, antes de uma eventual busca metodológica que certamente demandará um grau bem mais abstrato de compreensão do sentido. Tais conceitos linguísticos andam de par com o pensamento mítico, atribuindo marcas designativas especialmente aos seus pontos de acento afetivo. As coisas do mundo não valem por si nem por sua simples depreensão sensorial, mas por causarem no sujeito emoções eufóricas ou disfóricas: as coisas alegram, apaziguam, encantam ou entristecem, ameaçam, deprimem e sempre numa medida variável, com menor ou maior intensidade. É essa quantificação subjetiva do plano do conteúdo que Zilberberg tenta assimilar no esquema tensivo geral, seguindo o modelo das

25. Ernst Cassirer, *Antropologia Filosófica*, São Paulo, Mestre Jou, 1977, p. 134.
26. Ernst Cassirer, *Linguagem e Mito*, p. 48.

conhecidas oscilações prosódicas que mobilizam continuamente o plano da expressão da linguagem.

Em última instância, para Cassirer, o pensamento mítico não existe apenas entre os povos primitivos nem sequer pode ser superado por outras formas de pensamento. Não é genuinamente prático, muito menos teórico. Na visão mítica, todos os elementos da natureza e todas as coisas são solidários na efetivação das diferentes formas de vida. Por mais que nos habituemos, nas civilizações modernas, a respeitar as conquistas científicas, nunca abandonamos por completo a intuição mítica. Ela não só coexiste com a mentalidade cética e tecnológica dos novos tempos, como, em muitos casos, acaba tendo primazia em nossas decisões finais.

Valores Transcendentes

Zilberberg reconheceu nas reflexões de Cassirer sobre a consciência mítica uma enorme proximidade entre conteúdo acentuado e acontecimento. De fato, ambos exibem cifras tensivas muito semelhantes, particularmente quanto à tonicidade, na qual os fatores sensíveis se mostram mais relevantes. O fenômeno que se destaca da experiência comum e angaria para si intensa visibilidade, pela importância psíquica e comunitária revelada ao sujeito, conserva quase a mesma propriedade quando se fala do acento mítico ou do acontecimento explorado pelo autor francês. Em ambos os casos predomina o aspecto tônico que torna o objeto mais ativo que o próprio sujeito. No caso da visão mítica, o brilho de tal fenômeno chega a ofuscar a luminosidade de qualquer ente ao seu redor[27]. Do ponto de vista do andamento, também há clara identidade entre

27. *Idem*, p. 108.

o mito e o acontecimento, já que ambos irrompem do cotidiano e se impõem de forma brusca ao sujeito, tomando de assalto o seu espaço subjetivo e subtraindo o seu tempo de reação. Esse aspecto repentino é mais frisado no caso do acontecimento que do mito. Finalmente, no que diz respeito à extensidade, semelhantes conceitos apresentam-se sempre em estado comprimido, refratário a qualquer desdobramento ou desenvolvimento discursivo.

Para além desses traços tensivos comuns, a explicação do impacto causado pelo fenômeno mítico é mais esclarecedora que a do efeito provocado pelo acontecimento. Segundo Zilberberg, esse último "é o correlato objetal do sobrevir". Isso significa que a imprevisibilidade da ocorrência repercute no espírito do sujeito como algo que sobrevém com tanta velocidade que inviabiliza qualquer tipo de resposta. Do ângulo gramatical, o semioticista define o acontecimento como fruto de uma articulação concessiva que, conforme já vimos, promove a aproximação de conteúdos paradoxais. A nosso ver, porém, sobrevir e concessão talvez explicitem o mecanismo que produz o efeito de acontecimento, mas não propriamente a "saturação da tonicidade" responsável pela "tempestade modal"[28] que atinge o sujeito.

Ora, a intensidade do abalo ocasionado pelo acontecimento não decorre do seu modo de aparição nem do seu mecanismo gramatical, uma vez que esses aspectos estão presentes também nos acontecimentos menos empolgantes e até nos inexpressivos. Tal intensidade depende do estado afetivo e da competência modal do sujeito para distinguir conteúdos que lhe são relevantes. Há valores que transcendem o campo de ação, o espaço tensivo e até mesmo a própria consciência de si e que, no entanto, se revelam

28. Claude Zilberberg, *Elementos de Semiótica Tensiva*, p. 236.

ao sujeito por ocasião de seu contato com algo aparentemente irreconhecível. São valores do seu mundo, mas também de outros mundos vizinhos, adormecidos nas tarefas corriqueiras ou mesmo esquecidos como projeto de vida, que de repente se atualizam diante de um dado acontecimento.

A semiótica narrativa não chegou a abordar esses eventos inesperados, mas já considerava a existência de valores "transcendentes" no seu esquema padrão. Como o sujeito da ação não tinha acesso direto a eles, Greimas subdividiu-o em dois actantes: destinador e destinatário. Cabia ao primeiro fazer a mediação entre a instância transcendente e a instância imanente, própria do destinatário. Era um desdobramento necessário do sujeito para que um guardasse os valores que não estavam ao alcance do outro, mas que poderiam lhe ser ofertados na medida da necessidade. No fundo, é essa função de destinador, eterno provedor do destinatário-sujeito, que nos permite compreender o intenso fascínio (ou aversão) causado pelo acontecimento, mesmo considerando que seus conteúdos são, em princípio, inusitados. Em outras palavras, as condições para o discernimento de traços significativos em algo visto pela primeira vez e que, no entanto, causa um misterioso impacto na vida do sujeito são asseguradas pelo destinador, ainda que este não se manifeste como ator definido. É dele que provém uma crença já perdida, um conhecimento esquecido ou um desejo sublimado, além de outras contingências sociais, cuja força subjetiva pode ser restituída pelo encontro do fato inusitado.

É bem provável que a função de destinador não caiba mais no modelo tensivo por já estar inextricavelmente associada ao universo narrativo da semiótica. Afinal, Greimas sempre destacou nesse actante o papel de manipulador da ação do sujeito e raramente como fiador de suas apreciações sensíveis e passionais dos fenômenos. De todo modo, essa posição teórica precisa ser restabelecida nos estudos do acontecimento, se não por outra razão, pelo menos para explicar por que um sujeito, em vez de apresentar indiferença diante de algo desconhecido ou inesperado, às vezes se vê tomado por essas ocorrências pouco familiares[29]. Claro que o impacto não mora no fenômeno em si, mas na sua reverberação em valores introjetados, nem sempre conscientes, no mundo espiritual do sujeito. É bem provável que sejam os acontecimentos que os reacendem com maior ou menor intensidade.

No caso do mito já há uma ancestralidade de base, um conjunto de valores, que garante a apreensão do significado e de sua variação de intensidade:

> Qualquer traço marcante na imagem da natureza, qualquer caráter de coisa ou de espécie é considerado "explicado", tão logo seja vinculado a um acontecimento único do passado, e com isso seja exibida a sua *gênese* mítica[30].

Desse modo, o traço incomum que chama a atenção num determinado fenômeno reporta-se sempre a uma essência global reconhecida pelo indivíduo. E não se trata de simplesmente tomar a parte pelo todo. Na visão mítica, o que chamamos de parte já é o todo. Não há metonímia: a fumaça não remete à nuvem; ela é a nuvem. A nuvem não é sinal de chuva; ela é a chuva; portanto, a fumaça em si também já é a chuva. Conseguir captar o todo em seus detalhes é sinal de que existe um princípio essencial, às vezes designado com um nome divino, regulando a medida do impacto

29. Examinaremos as funções do destinador transcendente no capítulo 7 deste volume (p. 189).
30. Ernst Cassirer, *A Filosofia das Formas Simbólicas II*, p. 188.

causado pelo objeto. Cassirer lembra que, nesse pensamento, o mundo ganha sentido quando se percebe "atrás dele a dinâmica do sentimento de vida"[31] ou, em outros termos, quando são discernidos os conteúdos que dão eficácia à vida. No fundo, o aspecto extraordinário da experiência, por menor que seja, é aquilo que se pode conjugar imediatamente ao todo na consciência mítica do indivíduo. Um milagre isolado é especial, extraordinário, na medida em que manifesta o grande milagre do "espírito religioso". Não é difícil associar esse último com os valores transcendentes sob a guarda do destinador no esquema narrativo. Diz o filósofo: "é sempre essa atração peculiar para a 'transcendência' que liga todos os conteúdos das consciências mítica e religiosa"[32].

Portanto, mesmo quando a ancestralidade começa a perder terreno para a hegemonia dos fatos cotidianos na mitologia moderna, o que dá respaldo ao acento sobre determinado conteúdo mítico é sua vinculação com esse universo transcendente, onde a revelação e o mistério convivem sem conflito. É este o lugar do sagrado, cujo conceito, segundo Cassirer, se confunde com a "acentuação da existência"[33]. Convém lembrar que "sagrado", no mundo mítico, não tem a ver com "pureza", podendo significar, ao contrário, o que é proibido ou até mesmo amaldiçoado. É o "consagrado", no sentido de escolhido, realçado entre os conteúdos profanos e irrelevantes da existência empírica[34]. Assim sendo, o sagrado é sempre a fonte dos acentos que podem incidir tanto sobre os conteúdos eufóricos (como nas representações do *Mana*) quanto sobre os conteúdos disfóricos (como nas representações do *Tabu*). O que importa é seu

31. *Idem*, p. 131.
32. *Idem*, p. 137.
33. *Idem*, p. 146.
34. *Idem*, p. 145.

caráter incomum, inusitado e, digamos, espantoso. Nesse espanto pode haver medo ou esperança, ameaça ou admiração, mas ele em si já manifesta o sagrado.

A atração de Zilberberg pela forma do pensamento mítico desenhada por Cassirer parece-nos, portanto, motivada pelo que falta em sua teoria do acontecimento: o respaldo dos valores transcendentes responsáveis pelo grau de intensidade da comoção causada por uma experiência inédita na mente do sujeito. Tais valores, geralmente de cunho comunitário, estão sempre pressupostos na apreensão do mito. Reconhecemos que o autor francês nunca formulou suas motivações nesses termos, embora sua busca concentre-se no lastro afetivo da intuição mítica – o que não deixa de ser um valor prévio, só que de natureza pessoal – e no uso do acento como recurso de valorização da significação. Esses aspectos, por si, enriquecem a teoria semiótica da intensidade e, especialmente, da tonicidade. Tanto Cassirer quanto Zilberberg consideram, e isso é o mais importante, que a forma da consciência mítica não pode, e não deve, ser omitida das teorias ditas científicas, uma vez que sua presença na compreensão geral do sentido é fator determinante em todas as culturas.

Indivisibilidade e Desaceleração

O estágio mítico de compreensão do mundo ainda traz outra característica que coincide com a definição inicial de acontecimento: a indivisibilidade. Tal como o dado surpreendente, o elemento acentuado, em princípio, não admite análise na forma de subdivisões, desenvolvimentos, paráfrases ou outros recursos lógico-científicos, sob pena de deixar de ser o que era. Em uma citação de Cassirer[35],

35. Ernst Cassirer, *A Filosofia das Formas Simbólicas III*, p. 149.

o filósofo alemão Max Scheler indaga como seria possível subdividir um "riso", um "olhar" ou um "gesto ameaçador" e, depois, reconstituí-los a partir de seus fragmentos. O mito possui essa mesma peculiaridade que, aliás, Zilberberg reencontra no acontecimento.

Do ponto de vista tensivo, todo conteúdo que combina extrema condensação com alta tonicidade tende à inteireza do mito e impõe dificuldades à abordagem teórica. Ao ver de Cassirer, nossa língua natural primária, com suas denominações, e as imagens artísticas são mais afinadas com esse tipo de conteúdo, pois ajudam a concretizá-lo sem no entanto desmembrá-lo em unidades menores que em geral perdem o elo com o todo. Podemos acrescentar que, no caso das artes, a semelhança com a condição mítica é ainda mais flagrante. É comum que se analise uma tela, uma peça musical ou um poema, desvendando os seus principais recursos de composição, suas referências ao mundo exterior ou ainda a expressão do estado subjetivo do autor. É comum, igualmente, que a certa altura do trabalho nos venha a impressão de que nossas descobertas poderiam decorrer não apenas da obra descrita, mas também de outras criações de mesma natureza. O triunfo de chegar a um modelo descritivo geral, capaz de explicar, com os mesmos conceitos, diversas manifestações artísticas não chega a compensar a frustração de se sentir cada vez mais distante do *corpus* inicial. A análise foi tão longe que a singularidade do objeto de estudo se perdeu pelo caminho. A melhor solução nesses casos, mesmo não sendo a ideal, é recobrar o ponto inicial como se estivesse apreciando a obra pela primeira vez. Certamente, o conteúdo artístico, assim como o mítico, ainda estará lá para recalibrar a pertinência da análise.

Cassirer insiste no fato de que o pensamento lógico, discursivo, jamais substitui plenamente a consciência mítica que todos temos do mundo: "o declínio dos conteúdos da consciência mítica não implica necessariamente o declínio da função mental que lhes dá origem"[36]. E a língua primária se encarrega de configurar o "acervo básico" de sentido proveniente da intuição mítica, mesmo que, em outro momento, a língua intelectualizada interprete teoricamente esse conhecimento lançando mão de métodos científicos. A "verdade" contida na visão mítica sobre as coisas físicas, mas também sobre os outros sujeitos, não se apaga com a arte, muito menos com a ciência. Cassirer chega a considerá-las respectivamente como "ilusão estética" e "ilusão lógica"[37]. Evidentemente, não está no horizonte do autor desvalorizar o campo artístico ou o espírito científico cujas "verdades" são tão consolidadas e prestigiadas nas sociedades contemporâneas. Sua intenção é levar em conta um modelo de pensamento que nunca deixou de existir e ressaltar que, diante da certeza intuitiva vivenciada no mundo mítico, onde, segundo o filósofo, se forma nosso "espírito objetivo"[38], os demais modos de conhecimento – e principalmente o científico – são versões difusas e fragmentadas da realidade e de nós mesmos que tendem a se diluir por falta de acento.

Mesmo não sendo divisível, há que se reconhecer que o acento é mensurável em sua oscilação a partir do inacento. O principal modelo indicador dessa condição é, para Zilberberg, a prosódia que mobilizamos espontaneamente no plano da expressão da língua natural. Sempre que houver acento, há prosódia cuidando do destaque das sílabas nas palavras, destas nas frases e, principalmente, das entoações que flexionam nossos discursos orais tanto nas modulações breves como nas longas. Nesse último caso, o mais interessante, as curvas melódicas estão sempre em processo

36. *Idem*, p. 136.
37. *Idem*, pp. 139-140.
38. *Idem*, p. 152.

de ascendência, em busca do ponto culminante do acento, ou descendência, tendendo ao inacento, quando não neutralizam essas direções e permanecem suspensas no mesmo tom – mas mantendo a tensão. A ascendência, por exemplo, pode ser vista como um acento que evolui por graus, às vezes de maneira acelerada ou mesmo brusca (numa exclamação), às vezes lentamente, o que nos permite qualificar os aumentos graduais de elevação da curva e até segmentá-la para efeito descritivo. O segredo analítico está no andamento: a desaceleração contida no próprio objeto ou nas categorias descritivas que lhe são aplicadas permite que se decomponha o indivisível nem que seja só para identificar seus componentes pressupostos[39].

Assim como, no campo musical, os guitarristas volta e meia precisam reduzir artificialmente a velocidade de algumas execuções melódicas para distinguir nota por nota e reproduzi-las no seu instrumento, o semioticista também recorre à desaceleração do sentido para restaurar etapas aparentemente omitidas, mas que estão presentes no entendimento ou sentimento global do objeto analisado. As notas, isoladamente, pouco dizem sobre o conteúdo da melodia ou da música completa. Do mesmo modo, as tais etapas do plano do conteúdo, não muito visíveis, parecem dispensáveis na captação do sentido geral de uma obra e, mais particularmente, o espectro da intensidade, que compreende os processos de atonização e tonificação, tende a desaparecer quando sofrem o

39. "*Realizamos* por meio de gradações nosso pensamento teórico. Acabamos por arrancar os fenômenos complexos de seu tempo particular – tempo sempre turvo, sempre confuso – para analisá-los num tempo factício, regulado, o tempo de nossos instrumentos. Sabemos retardar, acelerar, imobilizar os fenômenos temporais mais variados" (Gaston Bachelard, *A Dialética da Duração*, São Paulo, Ática, 1988, p. 63).

efeito do vigor do acento principal que valoriza um determinado significado, como vimos na expressão mítica. Em todos os casos, só a desaceleração permite o reencontro desses detalhes perdidos.

Ao ouvirmos um orador, não temos dificuldade em perceber que suas inflexões entoativas caminham, discretamente ou com ênfase, para o agudo, muitas vezes com o aumento simultâneo da intensidade e da duração, e que, chegando nesse ponto, ele espera conquistar o máximo de nossa atenção (por isso, o que importa na comunicação direta é a curva como um todo). Durante essa trajetória ascendente, são comuns as intercalações de segmentos melódicos vocais que escalonam essa elevação, nem sempre de forma progressiva. Pode haver declínios de altura passageiros em alguns desses trechos sem que a curva melódica global perca sua orientação ascendente de base. Na sequência, o mesmo se dá no movimento descendente que conduz a melodia ao inacento e que costuma acompanhar o segmento conclusivo do texto. Aqui, também, o orador pode produzir um desfecho sumário num único descenso ou inserir porções intermediárias que retardam e valorizam a finalização. Tais oscilações compõem, segundo o autor francês, a "música do discurso", pois anunciam com recursos apenas melódicos o "discurso anterior ao discurso"[40].

Esses movimentos de elevação e declínio descrevem uma equivalência interessante com os conceitos de *prótase* e *apódose*, utilizados tanto pela linguística quanto pela retórica, mas com ênfases distintas. A linguística explica que essas noções garantem um vínculo gramatical entre orações, de tal modo que a enunciação de uma cria expectativa para a enunciação da outra. O exemplo

40. Claude Zilberberg, "Défense et illustration de l'intensité", em Jacques Fontanille (org.), *La quantité et ses modulations qualitatives*, Limoges/Amsterdam/Philadelphia, Pulim/Benjamins, 1992, p. 77.

clássico é o da oração condicional preparando a chegada da oração principal ("se não chover, eu chego mais cedo"). Essas enunciações pressupõem melodias entoativas que em geral são desprezadas pelos gramáticos em favor do conteúdo argumentativo. A retórica, ao contrário, põe em primeiro plano a "cadência" dos enunciados, examinando especialmente o movimento das curvas melódicas em direção ao ápice acentual (a prótase) e, deste ponto, até a distensão derradeira, próxima ao inacento (a apódose). Somente num segundo momento considera que tais oscilações são traduzidas por trechos verbais com função locutória ou argumentativa. Zilberberg faz bom proveito da acepção retórica desses conceitos, mas não chega a esclarecer em que medida exatamente suas aplicações no plano da expressão podem ser replicadas no plano do conteúdo. Não há dúvida, porém, que, para o semioticista, compreender a significação pelo prisma dos acentos é condição para o desenvolvimento do seu principal projeto, definido como prosodização do conteúdo.

Realmente, se pudermos isolar e examinar a face melódica que compõe a prótase de uma frase emitida oralmente, teremos o desenho analógico do aumento de tensão, da atonia ao mais alto grau de tonicidade e, a depender do andamento (rápido ou lento) dessa curva entoativa, ainda podemos ter, ou não, uma série de inserções de outros segmentos melódicos até atingirmos o ápice acentual de todo o período. A exclamação é um exemplo de máxima velocidade, já que seu componente melódico suprime o aumento gradativo de altura, duração e intensidade da voz e manifesta-se diretamente no ápice desses parâmetros. Nos períodos considerados mais declarativos ou mais solenes, a desaceleração do progresso tensivo permite algumas ou muitas interposições melódicas, cada qual com seus acentos secundários, até chegar ao acento principal que encerra a prótase. As mesmas considerações servem para caracterizar a linha melódica descendente da apódose rumo ao inacento[41]. E tudo isso auxilia a compreensão de um texto verbal que simultaneamente constrói suas correlações enunciativas gramaticais (como no caso da oração condicional) e garantem assim a coesão do fluxo linguístico.

Tendo em vista que as ocorrências de prótase e apódose fazem parte de quase todos os discursos verbais passíveis de oralização, não se pode negar que o plano da expressão da língua materna é naturalmente portador de um ritmo acentual que faz com que seus segmentos melódicos estejam sempre em pleno processo de aumento ou diminuição de tonicidade. Se a progressão for lenta, como vimos, nada impede a inserção de mais segmentos tanto na ascendência como na descendência acentual. Nesse sentido, portanto, o funcionamento sonoro da nossa língua pauta-se por acentos ou por sua ausência (modulação), o que levou Zilberberg a considerar que a "prosodização" é um recurso inerente à linguagem.

A exemplo dessas direções entoativas (ascendente e descendente) encontradas no plano da expressão, o semioticista criou um paradigma para o plano do conteúdo a partir de quantificações subjetivas representadas pela combinação dos incrementos *mais* e *menos*. Na direção ascendente, podemos transitar de um conteúdo extinto (somente *menos*) para um conteúdo saturado (somente *mais*), passando pela fase inicial, ainda negativa, de

41. Alguns autores literários são sempre lembrados quando queremos exemplos de prótase e/ou apódose lentas, as que admitem diversas intercalações de segmentos até chegar ao acento agudo principal ou ao inacento derradeiro. Basta que leiamos em voz alta algum dos longos períodos escritos por Marcel Proust. Cada desdobramento de frase corresponderá a um novo segmento melódico que servirá de degrau para o movimento ascendente da curva melódica até o ápice acentual. A mesma sucessão de desdobramentos pode ocorrer durante a curva descendente.

restabelecimento (*menos menos*), na qual se retira um pouco do *menos*, até ingressar numa fase realmente positiva, em que se pode acrescentar tonicidade ao próprio *mais*, ou seja, em que se pode recrudescê-lo (*mais mais*). Não é difícil reconhecer aqui um acento de conteúdo correspondente à prótase apresentada acima. E assim como novos segmentos melódicos podem ser intercalados na curva ascendente deste conceito, outros graus de tonicidade também podem ser inseridos nessa evolução intensiva do plano do conteúdo, criando partições nos estágios originais. O próprio pesquisador francês sugere que, numa cadência mais lenta, talvez pudéssemos subdividir a fase do restabelecimento em duas etapas: "retomada" e "progressão". E, evoluindo no aumento da tonicidade, a fase do recrudescimento poderia teoricamente se decompor em "amplificação" e "saturação", e assim por diante. São as intercalações de fases nas progressões do conteúdo que se comportam como as intercalações de segmentos melódicos nas entoações da linguagem oral.

Quantificações Subjetivas

Zilberberg sempre concebeu essas direções acentuais como parte de seu projeto de prosodização do conteúdo e recorreu diversas vezes em sua obra às noções de prótase e apódose para caracterizar os movimentos de ascendência e descendência em ambos os planos da linguagem, mas não chegou, salvo engano, a explicar a relação entre segmentos entoativos e partições aspectuais do conteúdo nos termos que acabamos de fazer. Talvez considerasse óbvia a relação ou talvez não se desse conta dos detalhes do paralelismo entre os planos que ele próprio enfatizou. Costumava dizer que a inspiração do uso dos incrementos (*mais* e *menos*) para medir o grau de tonificação de uma grandeza vinha da silabação saussuriana, especialmente dos processos de implosão e explosão da abertura sonora. De fato, tais partículas já foram chamadas de "sílabas tensivas"[42]. Cremos que ambas as fontes de influência reforçam-se mutuamente na configuração desse importante isomorfismo conceitual entre os planos.

Seja como for, esses pequenos dispositivos nos ajudam a caracterizar, entre outras coisas, as constantes apreciações que fazemos do mundo e de nós mesmos. Como ocorre na visão mítica examinada por Cassirer, dificilmente um ser humano acolhe um conteúdo sem quantificá-lo sob algum critério pessoal, construído à luz de valores comunitários. Se menciona um livro que acabou de ler, por exemplo, este já surge com acentos avaliativos muito bem determinados por expressões que vão do desprezo total (somente *menos*) à admiração máxima (somente *mais*): "ilegível", "não é tão mal", "vale a pena lê-lo", "muito bom!", "excelente", "incomparável" etc. Dentro desse espectro de valorização, às vezes dizemos apenas que alguém foi excessivo ao tecer um comentário qualquer ou, ao contrário, que foi moderado demais, insuficiente, e não disse tudo que deveria ter dito. Quando condenamos floreios e firulas discursivas, novamente estamos falando de excessos. Ao compararmos a perenidade do amor com a efemeridade da paixão estamos quantificando o tempo de cada um. A lentidão das cartas de correio que, no passado, eram escritas dias a fio é às vezes invocada com nostalgia por quem está mergulhado na rapidez alucinante da comunicação via WhatsApp. Toda vez que dizemos "até certo ponto", "pelo menos", "quando muito", "em parte", "um bocadinho mais", "até onde eu

42. Claude Zilberberg, *Elementos de Semiótica Tensiva*, p. 253.

sei", "relativamente" etc. estamos exercitando nossa quantificação subjetiva e – o que é espantoso! – nosso interlocutor, membro da mesma cultura, compreende com total justeza cada oscilação sugerida por essas medidas. Há alguns anos, o então presidente brasileiro deixou escapar a frase entendida por todos: "no nosso governo, [a Petrobras] é uma caixa branca e transparente. *Nem tanto assim*, mas é transparente". Claro que essa sutil diminuição da dosagem foi captada por unanimidade.

Portanto, as quantificações são subjetivas, mas suas apreensões são nitidamente objetivas. E precisas! Afinal, apresentam conteúdos já "estimados" na proporção do nosso afeto. De volta à frase citada, o próprio presidente considerou que na expressão "uma caixa branca e transparente" havia uma exacerbação que poderia soar inverossímil, o que o fez imediatamente aparar sua aresta retórica. Sentiu necessidade da atenuação (*menos mais*). Semelhantes oscilações de tonicidade indicam o modo sempre afetivo com que acolhemos os fatos naturais e sociais. Grande parte de nossas decisões na vida baseia-se no grau de importância que atribuímos ao fenômeno observado, levando em conta o seu andamento e sua extensão. Baseia-se, no fundo, no acento valorativo que distingue um conteúdo dos demais, realizando a mencionada *consagração* própria do pensamento mítico, cuja presença nas sociedades revela-se vital em todas as fases do seu processo civilizatório.

Epílogo

Zilberberg encontrou nas propostas de Cassirer o objeto por excelência da semiótica, uma vez que, segundo o filósofo, "não constitui problema o conteúdo material da mitologia, mas a intensidade com a qual ele é vivido, com a qual se *crê* nele (tal como se crê apenas em algo objetivamente existente e efetivo)"[43]. Era a ideia que faltava para a incorporação do acontecimento entre os conceitos fundamentais da disciplina greimasiana. O objeto está sempre onde recai o "acento da significação", que passou a ser o norte da pesquisa tensiva.

A existência concessiva primordial, explicitada no célebre aforismo de Valéry – citado no início deste capítulo – e reproduzida em todos os surgimentos notáveis e imprevisíveis, não deixa de ser resultado de um acento, também primordial, que em numerosas culturas sempre identificou o conteúdo sagrado merecedor da atenção individual e comunitária. Com o passar do tempo, já vimos, "sagrado" passou a ser o aspecto extraordinário do conteúdo verificado em toda e qualquer cultura, tanto no chamado mundo natural quanto na linguagem verbal primária e nas manifestações artísticas. A consciência mítica tem como medida o afeto e como objeto o sentido imediato, corriqueiro, no qual ela identifica os elementos acentuados (sagrados). Nesse ponto, possui um foco semelhante ao dos estudos tensivos com seus eixos de intensidade e extensidade.

Sendo também um projeto de ciência, a semiótica de Zilberberg desenvolveu uma ampla reflexão sobre o conceito de acento, recuperando suas acepções da linguística (Hjelmslev), da filosofia (Bachelard, Deleuze), da música (Brelet) e da retórica (Fontanier), mas nada lhe trouxe uma contribuição tão decisiva para o tema como a análise do pensamento mítico realizada por Cassirer. O filósofo deixa claro que esse pensamento está longe de representar uma consciência primitiva cujo destino é ser suplantada pela ciência ou pela filosofia. Ao contrário, mesmo nas sociedades conside-

43. Ernst Cassirer, *A Filosofia das Formas Simbólicas II*, p. 20.

radas mais avançadas, o conhecimento mítico convive bem com as outras esferas do saber e muitas vezes assume o protagonismo em momentos que dependem de respostas imediatas.

Pudemos constatar que Cassirer concebe sempre um princípio essencial (ancestralidade, o "todo" respaldando suas partes e o próprio espírito sacral) garantindo os valores transcendentes que regulam o impacto, maior ou menor, do evento mítico, o que de certo modo está ausente na noção de acontecimento de Zilberberg. Por outro lado, a natureza afetiva desses valores que formam a visão de mundo dos sujeitos implicados, e que favorecem a apreensão imediata do sentido mítico na avaliação dos fenômenos e de suas interpretações linguísticas, foi a pedra de toque para confirmar a proposta tensiva de que a intensidade – e suas subdimensões também de origem afetiva, conhecidas como andamento e tonicidade – rege o conteúdo emanado da extensidade, onde se alojam os "estados de coisas", determinando o seu grau de abrangência, mais concentrado ou mais difuso.

O "acento da significação" cassireriano sempre confere à grandeza alta tonicidade ("intensidade", para o filósofo). Dentro do universo mítico, o conteúdo acentuado simplesmente invisibiliza o que está ao seu redor. Trata-se muitas vezes de um caso de ofuscação epifânica que não sofre declínio nem ligeira atenuação. O cursor do impacto está sempre no máximo. O mesmo acontece com o parâmetro andamento, jamais suficientemente graduado por Cassirer. O elemento acentuado é sempre instantâneo como um relâmpago e não se pode concebê-lo de forma desacelerada, nem antes nem depois da sua ocorrência. Por isso, nesse aspecto, Zilberberg prefere se pautar pelo acento prosódico, visto que este pode ser brevíssimo, como na apreensão mítica, e nesse caso terá provavelmente o formato de uma interjeição exclamativa, mas pode também ser o ponto culminante de uma gradação de acentos secundários que se movem numa direção ascendente (pré-acentual) ou descendente (pós-acentual)[44], caso típico das entoações da linguagem oral. Esse processo torna-se mais nítido e observável quanto mais lenta for a evolução melódica no plano da expressão; do mesmo modo, no plano do conteúdo, o tratamento solene e pausado da ascendência e descendência permite estabelecer diversas partições aspectuais cifradas pelos incrementos *mais* e *menos*. Portanto, a desaceleração é um recurso virtuoso que nos permite enxergar detalhes encobertos pelo regime de alta celeridade. Há situações em que ela já está inscrita no próprio objeto analisado, mas, em outras, terá que ser aplicada artificialmente durante o procedimento descritivo. Em poucas palavras, a desaceleração é o que permite semiotizar o acento mítico.

Do ponto de vista semiótico, a expressão do afeto manifesta-se na tonificação das grandezas, das paixões e das apreciações de modo geral. Ao desacelerarmos suas etapas ascendentes e descendentes temos mais chance de compreender as gradações de afeto investidas em todo processo de significação. E não há nada mais objetivo para a análise que as quantificações subjetivas minuciosamente dosadas nos discursos e outras manifestações pelos indivíduos de uma sociedade, até porque esta última valida, por unanimidade, o sistema de mensuração adotado. Nesse ponto, a proximidade com o pensamento mítico descrito por Cassirer é flagrante. Ambas – a semiótica tensiva e a antropologia filosófica – querem compreender o fenômeno da acentuação da existência.

44. Veremos essas noções à frente, às páginas 83-85.

2.
O Ritmo que Vem das Sílabas

Funcionamento Silábico

Ao escrever um dos textos seminais da teoria tensiva, Claude Zilberberg refere-se de passagem ao fascínio exercido em nosso meio por miniaturas, mapas e maquetes[1]. A despeito de sua linguagem reticente, podemos deduzir com facilidade que o autor fala de si próprio. Afinal, ao longo do artigo, ele já vinha descrevendo a sua maquete predileta para representar em escala reduzida a singularidade do tempo, a matriz do ritmo e, em última instância, o funcionamento do sentido: a teoria da silabação de Saussure ou ainda, como diz o semioticista, a "poética da sílaba".

Segundo Zilberberg, no esforço de explicar o funcionamento silábico do discurso oral a partir de uma sucessão de aberturas e fechamentos de nossos órgãos bucais[2], o grande linguista suíço aca-

1. Claude Zilberberg, "Relativité du rythme", *Protée: théories et pratiques sémiotiques*, vol. 18, n. 1, p. 43, 1990 (Chicontimi, Département des Arts et Lettres de l'Université du Quebec).
2. Ferdinand de Saussure, *Curso de Linguística Geral*, p. 70.

bou formulando em cenário diminuto o "mecanismo de produção"[3] de sentido normalmente oculto nas diversas atividades humanas. De fato, os efeitos acústicos causados pelos encadeamentos silábicos obedecem a uma alternância fisiológica regular, caracterizada por abrir a sonoridade em direção à soante principal (o ponto vocálico) e, em seguida, fechá-la até a fronteira desta sílaba com a seguinte, quando recomeça a abertura sonora. Trata-se de um ritmo inerente à linguagem oral, formado por elementos fônicos ínfimos demais para despertar a consciência dos falantes. É aí, no entanto, que o teórico francês entrevê um modelo concreto gerado no plano da expressão que pode nos auxiliar na concepção do devir fórico no plano do conteúdo.

A *abertura* (mecânica e acústica) que garante o fluxo do nosso discurso oral prevê a alternância constante dos movimentos crescente e decrescente responsáveis pela formação silábica. Ainda de acordo com Saussure, a abertura crescente ou abertura propriamente dita equivale à *explosão* (<), enquanto a abertura decrescente ou fechamento equivale à *implosão* (>). Pelos expoentes de aumento e diminuição, podemos observar que o destino natural da explosão é a implosão e vice-versa, mas nem sempre essa sequência ocorre sem duplicação, crescente ou decrescente, de um dos tipos de abertura. Examinemos o exemplo da palavra "termômetro", com seus respectivos expoentes:

$$t^{<}e^{>}r^{>}m^{<}o^{>}m^{<}e^{>}t^{<}r^{<}o^{>}$$

Por se dirigir ao "e", o "t" inicial traz como expoente o sinal de abertura crescente (<), enquanto o "e", por se dirigir ao "r", traz o sinal de abertura decrescente ou implosão (>). Até aí, temos nesse

3. A expressão é de Paul Valéry, *Cahiers*, t. 1, p. 1283.

grupo fônico a alternância regular (< >). Em razão de anteceder um fechamento, esse primeiro "e" exerce a importante função de *ponto vocálico* (ou soante). Acontece que do "r" ao "m" temos outro movimento decrescente (>), formando o que Saussure chamava de *elo implosivo* (> >). O "m", por sua vez, abre-se em direção ao "o" retomando a ascendência e intermediando o *grupo implosivo--explosivo*, responsável pela *fronteira silábica* (> <). Ao final desta sequência, ainda podemos observar que o "t" refaz a explosão rumo ao "r" e que este se abre ainda mais para atingir o "o". Pelos expoentes de ambos os fonemas podemos reconhecer o outro tipo de duplicação, a do *elo explosivo* (< <).

Para Saussure, essas tendências silábicas, explosiva e implosiva, são funções que indicam o avanço e o retrocesso da abertura vocálica em direção à soante principal de cada unidade. Os fonemas que antecedem ou sucedem essa soante exercem a função de consoantes, mesmo que fora desse contexto sintagmático sejam conhecidas como vogais. No termo inglês "boy", por exemplo, o "i" final atua como consoante: b$^{<}$ɔ$^{>}$i$^{>}$, já que a soante (ponto vocálico) é sem dúvida o "ɔ".

O que interessa para Zilberberg nesse pensamento de Saussure é a abertura que cresce e decresce de maneira alternada e a possibilidade de haver elos explosivos e implosivos que replicam tanto o aumento quanto a diminuição, fornecendo, assim, um modelo miniatural notável para se pensar a continuidade fórica no plano do conteúdo. Esta também pode ser pensada como progressão que incide ora sobre uma grandeza (a extensão), ora sobre uma pequenez (a concentração). E nem precisamos dizer que se trata de uma correlação "metafórica", uma vez que temos aqui literalmente uma transposição de foria.

No texto que mencionamos no início, Zilberberg propõe a extensão e a concentração como duas "possibilidades funcionais" de resolução da categoria *expansão*[4]. Ainda sem fundamentos para alocar a intensidade em sua incipiente teoria tensiva, o semioticista pautava-se então pelos critérios "extensivos" de Hjelmslev. Com efeito, para o linguista dinamarquês, tanto os elementos intensos quanto os extensos podiam ser observados na dimensão que hoje denominamos *extensidade*. O que estava em jogo era o âmbito de influência sintagmática dessas noções. Os elementos intensos exerciam num determinado texto funções pontuais (como os acentos, no plano da expressão, e os nomes, no plano do conteúdo), enquanto os elementos extensos tinham a capacidade de caracterizar todo o enunciado ou mesmo o texto integral (como as modulações, no plano da expressão, e os verbos, no plano do conteúdo). Trocando em miúdos, intenso significava "local" e extenso, "global". E o semioticista resume assim o pensamento do linguista: "uma estrutura considerada profunda é simplesmente mais extensa que outra"[5].

Na época em que escreveu esse artigo sobre o ritmo, o autor já distinguia o *andamento* como categoria pressuposta, responsável pelas alterações de tempo e espaço, mas ainda não havia concebido a *intensidade* em si como dimensão complexa, portadora sem dúvida do *andamento*, mas também da noção de *tonicidade*. Só aos poucos, em seus estudos sobre o acontecimento, Zilberberg percebeu que o irrompimento veloz e inesperado de certos conteúdos estava quase sempre associado ao seu grau de importância para o ser humano. Em outras palavras, ao lado da velocidade, era preciso introduzir o conceito de acento (ou ênfase) na avaliação subjetiva dos acontecimentos.

4. Claude Zilberberg, "Relativité du Rythme", p. 42.
5. *Idem*, p. 41.

Acento de Expressão e Acento de Conteúdo

Na tradição da glossemática, como vimos, o acento é um prosodema intenso que se opõe à modulação, prosodema extenso, ambos situados no plano da expressão da linguagem. Mas o acento já desfrutava de prestígio categorial no modelo silábico, na medida em que a soante, acentuada na primeira implosão (pós-silêncio ou pós-explosão), sempre absorve a sonoridade dos fonemas vizinhos ao produzir o seu principal efeito vocálico. Nas palavras de Saussure:

> [...] os sons possuem a função sonântica quando recebem o *acento silábico*. [...] há sempre uma soante em cada sílaba, de maneira que a sílaba depende da soante e a soante depende da sílaba, sem que nada permita romper num ponto qualquer esse círculo vicioso[6].

Zilberberg encontra a descrição desse mesmo acento, agora no plano do conteúdo, ao se debruçar nos textos de Ernst Cassirer. Em seus estudos sobre o pensamento mítico, o filósofo constata que nesse universo o teor da experiência expressiva é avaliado em função do "acento valorativo" atribuído pela comunidade e incorporado pelo indivíduo, numa espécie de extração do sagrado em meio à diversidade profana que grassa no mundo:

> A intuição [mítica é] comprimida, concentrada, por assim dizer, em um só ponto. É neste processo de compressão, que efetivamente se destaca aquele momento sobre o qual recai o acento da "significação". Toda luz aqui

6. "[...] les sons ont la fonction sonantique quand ils reçoivent *l'accent syllabique*. [...] il y a toujours une sonante dans chaque syllabe, de sorte que la syllabe dépend de la sonante et que la sonante dépend de la syllabe, sans que rien permette de briser sur un point quelconque ce cercle vicieux" (Ferdinand de Saussure, *Écrits de linguistique générale*, Paris, Gallimard, 2002, p. 238).

se reúne, pois, em um único ponto, o ponto focal da "significação", ao passo que, tudo quanto se acha fora deste centro focal da interpretação linguística e mítica permanece praticamente invisível[7].

O semioticista vai além quando associa a importante noção de presença em semiótica à ideia de "existência acentuada" no pensamento mítico, visto que esta nem sempre irrompe num contexto religioso. O traço principal do acento sacral é a *intensidade* que faz do fenômeno algo próprio e excepcional. Trata-se de um lugar na consciência onde desponta o sentido de revelação, mas coexistindo com a impressão de mistério. No fundo, é essa ambivalência que define o sagrado como fonte de vigor para o espírito do indivíduo e para a sua comunidade. O acento da significação identificado por Cassirer nos estudos do pensamento mítico possui, portanto, traços formais comparáveis ao acento silábico saussuriano, e talvez a semiótica ainda não tenha esgotado todas as decorrências conceituais dessa proximidade.

No ritmo microscópico da silabação, o acento silábico (ou ponto vocálico) é tão expressivo que encobre as sonoridades anteriores e posteriores à sua emissão, as quais, de resto, tendem a desaparecer pela própria velocidade da articulação oral. Os elos implosivos (>>) e explosivos (<<) só são percebidos como gradações no decorrer de uma análise técnica ou, ainda, no caso de sua apresentação em câmera lenta. Ao exemplificarmos a silabação com a palavra "termômetro", anunciamos a presença do elo implosivo no trecho inicial "e$^{>}$r$^{>}$m$^{<}$", assim como a do elo explosivo no trecho final "t$^{<}$r$^{<}$o$^{>}$". Temos dificuldade em captar auditivamente a sonoridade degressiva do primeiro elo e a progressiva do segundo, mas a acentuação dos

7. Ernst Cassirer, *Linguagem e Mito*, p. 108.

pontos vocálicos “$e^{>}$” e “$o^{>}$” não nos escapa. Isso porque, como já vimos, os acentos sempre “roubam a cena” nos dois planos da linguagem, o que não significa desaparecimento puro e simples dos processos crescentes e decrescentes que os antecedem e sucedem, seja na linearidade silábica seja na extensão fórica do sentido.

Ora, fazem parte da prosodização da semiótica o alentecimento do ritmo silábico e sua adaptação às características do plano do conteúdo. Temos assim, igualmente, uma trajetória gradativa, tanto em direção ao acento quanto ao inacento, que pode ser menos ou mais perceptível, a depender da velocidade imposta às suas fases intermediárias. Como dissemos no capítulo anterior, Zilberberg sugere, então, que sejam criadas as “sílabas tensivas” – unidades de implosão e de explosão – cuja combinação poderia definir as etapas graduais de aumento e diminuição dos valores intensivos e extensivos. São elas o *mais* e o *menos*, rebatizadas posteriormente de *incrementos*[8].

Os Incrementos como Medida

Assim como no pensamento silábico de Saussure, em que a explosão ocorre logo após completar o fechamento sonoro próprio da fronteira de sílaba, ou após o silêncio que antecede uma emissão vocal, na dosagem tensiva dos conteúdos também podemos imaginar a noção de *restabelecimento* logo após a *extenuação* (ou *extinção*) de algum tipo de significado. Tal formulação pressupõe que atribuamos à extenuação a cifra de *somente menos* e que, logo em seguida, lhe retiremos um pouco de *menos*. Teremos então como resultado *menos menos*, a cifra do *restabelecimento*.

8. Claude Zilberberg, *La structure tensive*, p. 51.

Pensemos, como exemplo, numa nação cuja economia encontra-se em frangalhos. Caso apresente pequenos sinais de recuperação, com alguma boa vontade podemos reconhecer que houve, não propriamente um crescimento, mas uma leve oscilação ascendente no âmbito de uma faixa ainda considerada negativa. Tal faixa é definida pela combinatória *menos menos* e, teoricamente, pode compreender duas ou mais partições. O próprio Zilberberg sugeriu que esta etapa de *restabelecimento* pudesse conter a "retirada de pelo menos um *menos*", algo como uma *retomada*, e, na sequência, a "retirada de mais de um *menos*", uma espécie de *progressão*, mas dentro da mesma etapa. No caso de uma evolução equilibrada do projeto econômico desse país imaginário, a partir de certo ponto fixado por especialistas, o crescimento pode adquirir consistência positiva fundada em adições de *mais*. Entramos, assim, na faixa positiva, do *mais mais*, já com valor de *recrudescimento*. Aqui também encontramos outra possibilidade de partição em duas fases proposta pelo semioticista francês, cada qual acompanhada de sua respectiva definição: *amplificação* ("acréscimo de pelo menos um *mais*") e *saturação* ("acréscimo de mais de um *mais*"). O fato de essas sugestões lexicais serem arbitrárias não invalida a pertinência de seus lugares conceituais.

Por que esse formato de evolução fórica no plano do conteúdo se inspira na maquete silábica? Mesmo que seja de difícil apreensão no desenrolar veloz dos nossos discursos orais, as gradações de abertura vocal, que muitas vezes precedem o ponto vocálico, podem ser identificadas numa explanação analítica semelhante a que fizemos com os incrementos *mais* e *menos*. Realmente, ao observarmos os expoentes de abertura e fechamento do vocábulo "estrear", por exemplo, encontramos o seguinte arranjo:

$$e^{>}s^{>}t^{<}r^{<}e^{<}a^{>}r^{>}.$$

O elo implosivo da primeira sílaba (es-) acusa o fechamento gradativo da sonoridade (>>) até a sua total extenuação na oclusiva "t". Esta, por sua vez, anuncia uma sequência de abertura vocálica em três etapas (<<<) que culmina na soante "a", principal acento silábico desse grupo de fonemas. A alta velocidade com que tudo isso é pronunciado pelo falante não permite a captação consciente dessas etapas intermediárias, mas podemos reconhecê-las se desacelerarmos didaticamente sua evolução para que as correspondências venham à tona. A suspensão sonora do "t", no plano da expressão, equivale ao *somente menos* (*extenuação*) do plano do conteúdo comentado acima. Acontece, porém, que essa mesma oclusiva que interrompe a sonoridade já traz o sinal do seu restabelecimento subsequente (<). E logo vem o reforço do "r" e do "e", ambos preparando a abertura máxima em "a". Numa aproximação possível entre expressão e conteúdo, "t$^{<}$" e "r$^{<}$" podem corresponder, respectivamente, à *retomada* e à *progressão*, na faixa do *menos menos*, enquanto os fonemas "e$^{<}$" e "a$^{>}$" podem perfazer as citadas etapas de *amplificação* e *saturação*, na faixa do *mais mais*. Se, por um lado, o "a$^{>}$", na condição de ponto vocálico ou de ápice da abertura, é sempre a negação total da oclusão consonantal, por outro, como indica o seu expoente (>), é o início de nova implosão, cujo fechamento, aliás, já está previsto na ideia de saturação sugerida para o plano do conteúdo[9]. Confirmando a propensão isomórfica

9. Zilberberg faz uma inesperada aproximação entre "ponto vocálico", auge do acento silábico no plano da expressão, e "ponto libertário" no plano do conteúdo. Ambos se libertam de alguma "parada" que lhes foi imposta: da oclusão no primeiro caso e da obstrução disfórica no segundo. "Mas esse ponto libertário, por ser terminal, é também um ponto inicial e o sujeito se sente *livre de...*" ("Mais ce point libertaire, puisqu'il est terminal, est également un point initial et le sujet s'éprouve comme *libre de...*") (Claude Zilberbebrg, "Présence de Wölfflin", *Nouveaux actes*

dos dois planos, a franca abertura do "a" na evolução silábica traz sempre uma espécie de excedente sonoro que pede abrandamento imediato para a boa continuidade do fluxo linguístico oral. De fato, nesse caso, forma-se novo elo implosivo ($a^{>}r^{>}$) que faz declinar rapidamente a abertura do som.

Pensemos agora no exemplo contrário ao que propusemos anteriormente: uma nação que vive plena hegemonia econômica. Resultado de crescimento sólido e progressivo, tal plenitude em nosso simulacro de nação não teria como seguir prosperando quando menos por duas razões. Do ponto de vista teórico, não há como suplantar a plenitude, ponto máximo da acentuação definido como *somente mais*; do ponto de vista pragmático, podemos supor que um Estado com esses traços de ascendência sofra constantes pressões de outros países igualmente desenvolvidos, mas que se encontram em condições momentaneamente menos favoráveis. Suponhamos ainda que, em busca de algum equilíbrio econômico diante dos parceiros comerciais, os dirigentes se vejam obrigados a atenuar o ritmo de crescimento da superpotência, retirando-lhe um tanto desse *mais*, sem, contudo, ameaçar a sua liderança. Essa *atenuação* tem como cifra a combinatória *menos mais*, indicando ligeira descendência em relação ao acento valorativo anterior – associado tanto à plenitude como a certa saturação –, mas dentro da faixa positiva. Podemos, ainda, a depender do grau de desaceleração envolvido na análise, obter novas partições nessa mesma faixa. Zilberberg, mais uma vez, sugere dois conceitos para caracterizar essa fase inicial de atenuação: *moderação* ("retirada de pelo menos um *mais*") e *diminuição* ("retirada de mais de um *mais*").

sémiotiques, n. 23-24, p. 68, 1992 [Limoges, Pulim]). Só faltou completar dizendo que a tendência do ponto vocálico/libertário é a de se fechar novamente.

Se por algum motivo este mesmo país perder enfim o seu poder hegemônico, chegando a exibir progressiva decadência, entraremos numa faixa negativa, cuja degressividade pode ser retratada pela combinatória *mais menos*, cifra da *minimização*. Para graduar essa etapa em duas fases, o semioticista francês propõe desta feita adições de *menos*: "acréscimo de pelo menos um menos" (*redução*) e "acréscimo de mais de um menos" (*extenuação*)[10]. Neste último caso, reencontramos a extenuação cifrada como *somente menos*, ponto culminante da minimização e do inacento, mas que aponta também para um possível e até provável *restabelecimento* nos termos que já comentamos anteriormente.

Desaceleração das Etapas Acentuais

Essas etapas descendentes estão igualmente inscritas nos elos implosivos da silabação, desde que sejam observados com a lupa da desaceleração. Tomemos, como exemplo, a palavra que nomeia a nossa principal artéria, a "aorta", com seus expoentes de fechamento e abertura:

$$a^{>}\text{ɔ}^{>}r^{>}t^{<}a^{>}$$

A plenitude sonora do "a" inicial é tanto ponto de chegada ao ápice do acento silábico (no caso desta palavra isolada, as etapas de elevação foram omitidas, mas estão pressupostas) quanto ponto de partida para o inevitável descenso que garante a continuidade. Assim sendo, se fizermos interagir essa implosão com as etapas previstas no plano do conteúdo, podemos associar o "$a^{>}$" à noção

10. Essas formulações que envolvem "acréscimos" e "retiradas" de *mais* e de *menos* estão em Claude Zilberberg, *La structure tensive*, p. 53.

de *moderação*; o “ɔ$^{>}$”, à *diminuição*; o “r$^{>}$”, à *redução* e, por fim, o “t”, na condição de ponto culminante do inacento, à *extenuação* (*somente menos*). O expoente de abertura vinculado ao t (t$^{<}$) indica o trajeto necessário de toda oclusiva em direção ao novo ponto vocálico (neste caso, o “a” final), quando se trata de dar prosseguimento ao discurso.

Estamos acostumados, no plano da expressão, ao acento sintético, aquele que se opõe à atonia dos sons ao redor e mesmo à menor tonicidade de eventuais focos sonoros concorrentes. O “acento da significação”, de Cassirer, traz concepção sintética semelhante para o plano do conteúdo: o elemento sacral se sobrepõe à rotina dos fatos e aos signos mundanos a ponto de quase invisibilizá-los. Por tudo que vimos até aqui, já passa da hora de propormos um modelo analítico do acento, suficientemente desacelerado para que possamos vislumbrar suas etapas de tonificação e atonização.

A silabação alentecida permitiu-nos observar que, muitas vezes, a ênfase do acento silábico é precedida por elos explosivos que vão promovendo uma abertura gradativa dos órgãos bucais e que o núcleo desse acento, o ponto vocálico, já anuncia uma implosão, brusca ou progressiva, rumo à extenuação da sonoridade. Trata-se de um ritmo regular que envolve ascendências e descensos sonoros, mas seus pontos de inflexão nem sempre são previsíveis. O acento máximo pode incidir tanto sobre “a”, a vogal mais aberta, como sobre as demais vogais, semivogais e até sobre consoantes com função vocálica. Do mesmo modo, o inacento silábico não depende dos sons oclusivos ou do silêncio final. Podem se dar com nasais, líquidas ou outras consoantes, de acordo com o seu contexto fônico.

Observa-se o mesmo fenômeno no plano do conteúdo. O quadro cíclico que apresentamos abaixo, servindo-nos do léxico arbitrário sugerido por Zilberberg, traduz de forma analítica as etapas explícitas ou camufladas, mas sempre previstas, que compõem o impacto acentual e, contrariamente, a dispersão tensiva rumo ao inacento:

Acento analítico

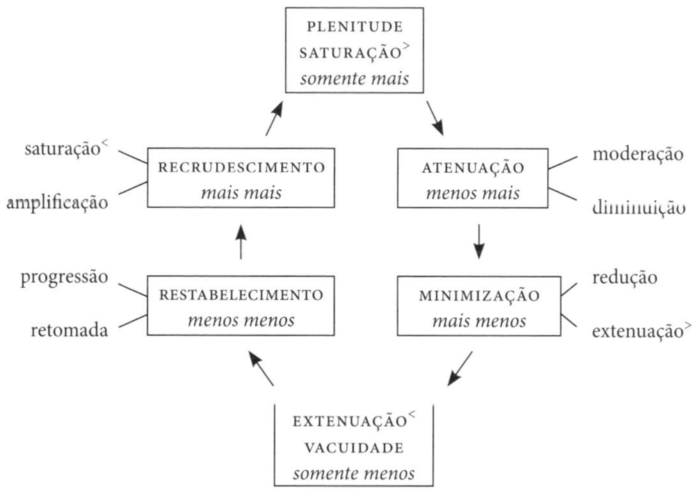

Alguns esclarecimentos. O acento completa-se no intervalo entre o *recrudescimento* e o complexo *plenitude/saturação*. O inacento, entre a *minimização* e o complexo *vacuidade/extenuação*. A *plenitude* e a *vacuidade* são denominações convenientes quando se configuram como pontos de chegada. No universo narratológico, por exemplo, é o caso do sujeito que conquista integralmente o seu objeto (plenitude) ou, ao contrário, perde definitivamente as condições para obtê-lo (vacuidade). Já os conceitos de *saturação* e *extenuação* ajudam-nos a pensar sobre o caráter cíclico do modelo. A *saturação* não deixa de ser a hiperbolização recursiva do *recrudescimento* (cada vez mais *mais*), assim como a *extenuação* representa uma *minimização* ao extremo (cada vez mais *menos*). Na condição de excesso do *recrudescimento*, a *saturação* abre-se (<) para o *somente mais*, grau máximo da acentuação, que, por sua vez, permite apenas continuidade descendente, ou seja, passando necessariamente pelo processo de *atenuação*. Decorre disso o seu sinal implosivo (>). O mesmo ocorre com a *extenuação*. Enquanto grau máximo da minimização, ela tende a se fechar (>) em direção ao *somente menos*. Se já estiver nesse ápice da descendência, mas em contexto de continuidade, sua única direção possível é a do *restabelecimento* (*menos menos*). Daí o seu sinal explosivo (<).

Esse esquema do acento, apresentado de forma analítica, desacelerada, oferece um rendimento particular para a semiótica tensiva. Sua dinâmica ascendente e descendente tem como dispositivos essenciais os incrementos *mais* e *menos*, cujas combinatórias, como vimos, resultam ora no aumento, ora na diminuição dos valores, das conquistas ou das apreciações com os quais convivemos no dia a dia. Além disso, ao atingir seus pontos extremos, para mais ou para menos, este acento põe em destaque a ciclicidade eventual do modelo, como se esses pontos caracterizassem o destino natural dos excessos: o grau máximo tende a decair assim como o grau mínimo tende a se recuperar.

Relações Implicativas e Concessivas

A mecânica geral desse esquema tensivo já está representada no plano da expressão por sua maquete silábica, não apenas em função do aspecto cíclico exposto em ambos, mas também pelas variáveis que frequentemente transgridem a evolução passo a passo indicada nas flechas. A máxima abertura silábica que dá início ao elo implosivo da palavra "aorta" é um exemplo de supressão do elo explosivo prévio que poderia garantir um aumento gradativo da sonoridade até chegar à hipersoante "a". A saturação do acento silábico como ponto de partida só admite uma direção de continuidade: a descendência (ou implosão), comentada anteriormente.

A relação desse ponto vocálico inicial com o seu inevitável declínio sonoro subsequente corresponde, no plano do conteúdo, a nossa experiência com os acontecimentos inesperados. Esses também dão a entender que houve a elipse de etapas anteriores e que, portanto, tudo já começa no clímax do efeito causado pelas ocorrências – algo como um "ponto vocálico" da significação. O impacto do acontecimento tende igualmente a decrescer em suas resoluções expansivas, as quais, em geral, tomam a forma de pensamentos e discursos com intenção de melhor compreendê-lo. É quando a extensidade típica da formulação conceitual se sobrepõe à intensidade própria do mundo emotivo. Esta é a fase da *atenuação*, encarregada de moderar os excessos da sensibilidade (*menos mais*), mas ainda numa faixa positiva, onde há preservação de traços surpreendentes do mencionado impacto. A resolução só se torna gradualmente dissolução ao passar para a faixa negativa da *minimização* (*mais menos*) e se orientar definitivamente no sentido da *vacuidade*.

Cabe lembrar ainda que, ao seguirmos as flechas do nosso esquema, estamos desenvolvendo uma lógica implicativa, pela qual os aumentos e as diminuições gradativos corroboram nossa expectativa sobre a evolução "natural" do sentido. Trata-se do que o próprio Hjelmslev caracterizou na linguística como função "se... então"[11], ainda que tal relação de causa e efeito já grassasse nas

11. Louis Hjelmslev, *Prolegômenos a uma Teoria da Linguagem*, São Paulo, Perspectiva, 1975, p. 96.

descrições proposicionais de diversos filósofos e lógicos. Na linha dos exemplos que vimos adotando, se o tal país fictício conseguiu *restabelecer* sua matriz econômica, então, é possível e até provável que consiga agora *recrudescer* suas apostas num desenvolvimento mais sólido. O resultado pode ser a permanência num estado de *plenitude*, mas pode também apresentar certo grau de *saturação* econômica, como já vimos anteriormente. Se for este o caso, então, será bem-vinda uma *atenuação* da suposta hegemonia. E assim por diante. A lógica implicativa que conduz o estágio numa categoria ao estágio na categoria seguinte garante a impressão cíclica transmitida pelo esquema como um todo.

Mas este é apenas o modelo de base regido pelo que Zilberberg chamaria de *parvenir* [pervir][12]. Na dinâmica nem sempre controlável do nosso dia a dia esse caráter cíclico muitas vezes se desfaz, e podemos ter "irregularidades" evolutivas marcadas por saltos de etapas ou recursividades. A depender das oscilações de andamento e de tonicidade, é frequente passarmos diretamente de um estágio de *extenuação* para o de *recrudescimento* ou até de *saturação*, o que indica uma elevação acelerada do acento. Formulamos esse salto de etapas quando dizemos, por exemplo, que "tal pessoa veio do nada e já está dando as cartas entre os seus pares". O crescimento do poder, nesse caso, vem acompanhado de surpresa – portanto, *sobrevém* – e produz impacto semelhante ao do acontecimento extraordinário. Não é difícil depreender

12. Ainda que fora de uso no português atual, o verbo "pervir" é abonado em texto do século XIV pelo *Dicionário Etimológico da Língua Portuguesa* de José Pedro Machado, vol. III, p. 1806. Assim como "parvenir", verbo de emprego corrente no francês de hoje, "pervir" vem do latim, *pervenire*, e significa "chegar de um ponto a outro, chegar ao fim". Na semiótica, a função desse verbo é inteiramente metalinguística, o que torna irrelevante o seu uso anacrônico.

nesse salto uma articulação concessiva. Algo como "embora nada indicasse, tal pessoa conquistou repentinamente sua liderança". E semelhante articulação torna-se ainda mais aguda no caso de haver recursividade: *recrudescimento* do *recrudescimento* – possibilidade sempre aberta no nosso esquema analítico do acento.

Esse alcance súbito do ápice acentual no plano do conteúdo equivale à exclamação no plano da expressão[13]. Em ambos os casos há o abandono de uma escala proporcional e gradativa de aumento da intensidade. Na maquete silábica, essa passagem está prevista em todas as aberturas crescentes sem a mediação de elos explosivos: "p<a>". Claro que neste último caso a elevação é meramente técnica sem qualquer impacto expressivo. Mas, segundo Saussure, é apenas nesse plano de combinação sintagmática dos fonemas que podemos conceber a centralidade das soantes[14] ou, para nós, a centralidade dos acentos (silábicos). Por exigir uma adequação de pronúncia ligada ao contexto sonoro em que se insere, a concatenação silábica dá origem a um "acontecimento" não previsto na descrição fonológica individual das unidades sonoras (as "espécies", para o autor), normalmente baseada na posição dos órgãos bucais. Isso gera o que Saussure chama de discordância entre "efeito procurado" e "efeito produzido": "a liberdade de ligar as espécies fonológicas é limitada pela possibilidade de ligar os movimentos articulatórios"[15]. O efeito procurado corresponde, para o linguista, ao som fonético avulso definido por articulações orgânicas. O efeito produzido é o som de fato, decorrente do condicionamento recíproco dos fonemas alinhados no discurso.

13. Claude Zilberberg, *Elementos de Semiótica Tensiva*, p. 177.
14. Ferdinand de Saussure, *Curso de Linguística Geral*, p. 64.
15. *Idem*, p. 63.

O que Saussure chama de discordância entre os dois efeitos do encadeamento silábico Zilberberg traduz como desigualdade entre "estado" e "acontecimento", no caso de um possível "encadeamento existencial"[16] proposto para o plano do conteúdo. Se o conceito de acontecimento justifica-se com facilidade, na medida em que a combinação dos fonemas traz equações sonoras não previstas pela descrição dos fonemas isolados, o mesmo não se dá com a ideia de estado[17]. Teria sido melhor, no nosso entender, se o autor examinasse no encadeamento existencial, de um lado, as vivências que supõem "espera" (efeito procurado) e, de outro, aí sim, as que são depreendidas como "acontecimento" (efeito realmente produzido). De todo modo, o fato principal dessa correlação entre encadeamento silábico e encadeamento existencial está na maneira de tratar suas respectivas desigualdades internas. Assim como o primeiro precisa ajustar o efeito procurado com o efeito produzido, o que resulta em gradações de abertura (elos explosivos e implosivos) em conjugação com saltos bruscos, o encadeamento existencial também promove um ajuste entre esperas implicativas e acontecimentos concessivos ou, em termos metafóricos, entre os altos e baixos de nossas experiências de vida[18]. A sensibilidade humana é suficientemente treinada para avaliar este último encadeamento por meio das "sílabas tensivas" expostas no esquema já visto.

16. Claude Zilberberg, "De la nouveauté", texto inédito, 2002, p. 41.
17. Tudo indica que o semioticista quis aproveitar uma distinção – pouco amadurecida, diga-se de passagem – do linguista genebrino até então mantida em manuscrito bastante elíptico, mas que acabara de ser publicada na França na mesma data da redação do texto "De la nouveauté", até hoje oficialmente inédito.
18. Claude Zilberberg, "De la nouveauté", p. 41.

Espera Cíclica e Espera do Inesperado

Veremos adiante que tudo que entra no espaço tensivo de sentido sofre avaliação, ou seja, submete-se ao cálculo cognitivo e afetivo do *mais* e do *menos* referido anteriormente. É o semioticista francês que, mais uma vez, se vale das racionalidades implicativa e concessiva para mobilizar os termos do que estamos chamando de acento analítico.

No que tange à abordagem implicativa, as formulações "quanto mais... mais" e "quanto menos... menos" estabelecem uma proporção homogênea tanto na ascendência como na descendência, de sorte que sempre teremos uma implicação entre os enunciados. Ao dizermos, por exemplo, "quanto mais me dedico a este trabalho, mais tenho vontade de realizá-lo", o segundo *mais* responde ao avanço do primeiro, mantendo "exatamente" a mesma medida. Se trocarmos as ocorrências de *mais* por *menos*, a relação implicativa reaparece em direção descendente. Fazendo uso de uma aritmética subjetiva, Zilberberg diria que se trata de simples adição, no primeiro caso, e subtração, no segundo.

A abordagem concessiva, por sua vez, permite as formulações "quanto mais... menos" e "quanto menos... mais", cuja mudança brusca de direção promove junções inesperadas de elementos que seguem caminhos díspares: "quanto mais me dedico a este trabalho, menos tenho vontade de realizá-lo". O avanço do primeiro *mais* provoca um efeito contrário. Algo como "embora aumente minha dedicação ao trabalho, diminui o meu desejo de realizá-lo". Se as conexões implicativas satisfazem nossa expectativa, as concessivas impõem como fato concreto o que nos parecia implausível. No mesmo jogo de base aritmética, por aumentar sobremaneira a subtração quando saltamos do *mais* ao *menos*, o semioticista considera que temos um caso de divisão. Assim também, ao invertermos a equação, indo repentinamente do *menos* ao *mais*, podemos falar em multiplicação[19].

É comum que esses exercícios mentais, implicativos e concessivos, confirmando ou surpreendendo as expectativas de aumento e diminuição, compareçam não apenas nas manifestações coloquiais, mas também – e especialmente – em momentos cruciais da literatura mais exigente. No epílogo do seu pungente *A Paixão Segundo G.H.*, Clarice Lispector se expõe numa espécie de vertigem sobe-e-desce, desdobrando-se em adições e multiplicações inesperadas:

> Desisto e quanto menos sou mais vivo, quanto mais perco o meu nome mais me chamam... desisto e quanto mais ignoro a senha mais cumpro o segredo, quanto menos sei mais a doçura do abismo é o meu destino. E então eu adoro[20].

Tais medidas de avaliação mergulham as respostas sensíveis do enunciador numa teia de contrastes cujas oscilações repentinas de intensidade – para mais e para menos – definem o seu novo lugar no mundo e sua atração por esse aparente descompasso interno.

Portanto, como já deixamos entender, o esquema do acento analítico só é cíclico como modelo de fundo para conduzir as análises concretas e, por certo, no caso das progressões exclusivamente implicativas. O pensamento concessivo subverte com frequência essa previsibilidade com seus saltos, direções inversas e recursividades. Em outras palavras, o ritmo que vem das sílabas saussurianas obedece a uma regra de base nos dois planos da lin-

19. *Idem, ibidem.*
20. Clarice Lispector, *A Paixão Segundo G.H.*, Rio de Janeiro, Rocco, 2013, p. 177.

guagem: aberturas, crescente e decrescente, no plano da expressão (conhecidas como elos, explosivo e implosivo); aumentos, ascendente e descendente, no plano do conteúdo (representados pelas combinatórias de *mais* e *menos*). Esse mesmo ritmo já prevê, a depender do andamento e da tonicidade em jogo, acontecimentos ou, se preferirmos, mudanças repentinas de direção, supressão de etapas intermediárias e exacerbação dos limites de acento e inacento. Como sempre, a gramática implícita dá suporte à percepção dos acontecimentos insólitos: "é a partir da dimensão estética do gosto já integrado que ela [a concepção de originalidade, segundo Baudelaire] propõe um novo desregramento, é além das esperas esperadas que ela reclama a investidura do inesperado"[21].

Narrativa, Acontecimento e Opiniões

O acento exposto de forma analítica nos ajuda a entender tanto os aspectos básicos da semiótica narrativa quanto os princípios da semiótica do acontecimento. O projeto de "liquidação da falta" desenvolvido pelo sujeito narrativo é sempre um caso de ascendência acentual. Diante da disjunção com seus valores existenciais e modais, resta ao actante tentar *restabelecer* alguns vínculos e especialmente a sua competência para suplantar o estado inicial de carência. Seu progresso é medido pelo aumento dessas condições modais e materiais: *restabelecimento* e *recrudescimento*. Por outro lado, o impacto do acontecimento inesperado no universo subjetivo do sujeito decorre sempre de uma apreensão imediata do ponto culminante do acento. Como suas etapas prévias são omitidas, não se chega ao acento, mas se parte dele. Seu surgimento é tão veloz

21. Algirdas Julien Greimas, *Da Imperfeição*, São Paulo, Hacker Editores, 2002, pp. 88-89.

que não dá margem a qualquer fase de preparação. O sujeito se põe então a elaborar mental ou discursivamente as razões de sua surpresa, o que em geral permite a *atenuação* do impacto inicial e até mesmo a *minimização* de seus efeitos benéficos ou danosos. Enfim, se o enfoque narrativo valoriza o aumento acentual (ou ascendência), a semiótica do acontecimento ressalta o seu percurso de diminuição (ou descendência).

O mais importante, porém, é que esse critério acentual, baseado nas combinatórias de incrementos (*mais* e *menos*), pode nos ajudar a compreender o chamado ingresso de uma grandeza no campo tensivo. Não importa tanto sua natureza física ou, digamos, denotativa, mas principalmente sua avaliação pelo sujeito em sua comunidade, dado que toda apreciação subjetiva revela alguma cumplicidade social e cultural. Pensemos a partir de alguns exemplos.

A visão de um arco-íris branco (sem raios coloridos), que teria chamado a atenção de Goethe em sua viagem de visita à terra natal, poderia apenas tê-lo retirado do tédio típico dos itinerários sobejamente conhecidos. Imaginemos, nesse caso, que o escritor estivesse absorto em pensamentos íntimos quando tal fenômeno meteorológico lhe fez *restabelecer* o contato com o mundo exterior, mas nada muito além disso. Se era pouco ou nenhum (*somente menos*) o seu interesse pela paisagem local, agora, diante do arco-íris branco, o escritor pode ter tido a sensação de quc algo menos desinteressante despontou em seu caminho (*menos menos*). Mas o relato de Henri Lichtenberger, segundo Haroldo de Campos, é bem diferente: ao ver o fenômeno, "o poeta-naturalista se sentiu rejuvenescer, interpretando-o como o presságio de uma 'nova puberdade'"[22]. A visão do arco-íris branco ganha

22. Haroldo de Campos, *O Arco-Íris Branco*, São Paulo, Imago, 1997, p. 15.

aqui ares de epifania, o que afeta significativamente o seu ingresso no espaço tensivo. Pode-se dizer que nessa última descrição do episódio o acento atinge o seu clímax: alta velocidade, uma vez que irrompe como um fenômeno atmosférico raro e surpreendente, e alta tonicidade, pois prenuncia um acontecimento de grande relevância para o observador. A positividade inscrita no *recrudescimento* do fenômeno no interior do sujeito (*mais mais*) pode alcançar a *plenitude* (*somente mais*) e, no limite, desencadear discursos explicativos de *atenuação* do impacto. Portanto, o mesmo acontecimento costuma ser diferentemente dimensionado e avaliado de acordo com os critérios afetivos acionados pelo seu ingresso no espaço tensivo[23].

Não há dúvida que, com menos esforço, podemos encontrar essas etapas do acento em nossas frequentes considerações sobre os acontecimentos do dia a dia. Todo filme a que assistimos, por exemplo, recebe de nossa apreensão sensível uma medida que o situa em relação ao ponto culminante do acento ou do inacento. Há muitas maneiras de expressá-la na linguagem oral. A sensação de *somente mais* pode ser traduzida por um simples "excelente!", "genial!" ou "irretocável". É comum também que esse estado de perfeição seja relativizado e que, portanto, seja acionada a *atenuação* (*menos mais*): "as imagens do filme são maravilhosas, mas os diálogos não estão no mesmo nível". Já numa faixa negativa, outro espectador pode dizer que a produção cinematográfica "recorre abusivamente a clichês cansativos" (*mais menos*) ou até que "a película não vale o preço do ingresso" (*somente menos*). Ao dizermos que "o filme não é tão mal" (*menos menos*), damos início ao movimento crescente do modelo acentual. Se formos além e dissermos que "o filme é

23. Retomaremos com mais detalhes esta famosa epifania no capítulo 7, pp. 195-196.

muito bom", estaremos *recrudescendo* (*mais mais*) positivamente nossa apreciação e assim por diante.

Exemplificamos com passagens implicativas entre os estágios de atonização e tonificação, mas, como já vimos, esse ritmo compreende também movimentos concessivos que contestam sua ciclicidade: "o filme é muito bem-feito, mas não me trouxe nenhuma contribuição". Há nesse caso um "embora" implícito que permite o salto do acento ao inacento ("embora bem-feito, o filme nada me trouxe"). Ou ainda: "esse filme é melhor que o melhor filme que eu tinha visto até agora". O recrudescimento do *recrudescimento* é um caso de recursividade que pressupõe igualmente a concessão: "embora eu já tivesse um filme preferido, esse último o suplantou".

A Importância da Apreciação na Análise Tensiva

Por incrível que possa parecer num primeiro momento, a adoção do acento analítico estampado em nosso esquema segue, ainda que de maneira indireta, propósitos muito bem delineados por linguista da envergadura de Louis Hjelmslev e por filósofo dos tempos mais recentes como Antonio Cicero.

Em meado do século passado, quando ainda procurava definir o campo da substância do conteúdo, Hjelmslev chamava a atenção para o caráter "apreciativo" (e não físico ou descritivo) da substância analisada pelos linguistas e semioticistas que àquela altura ainda começavam a construir suas respectivas ciências:

> Parece pois que o primeiro dever do linguista, ou, mais genericamente, do semiótico que queira empreender uma descrição da substância do conteúdo consistiria em descrever aquilo que chamaremos de nível da apreciação

coletiva, seguindo o corpo de doutrina e de opinião adotado nas tradições e usos da sociedade considerada[24].

O pensador dinamarquês já antevia de algum modo as relações entre "encadeamento silábico" saussuriano (no plano da expressão) e "encadeamento existencial" zilberberguiano (no plano do conteúdo), nos termos que relatamos anteriormente. Dizia ele que além da descrição fisiológica e acústica muito praticada em sua época pela fonologia, a substância fônica merecia também uma descrição auditiva guiada pela percepção – o "efeito produzido", nas palavras do linguista suíço – e que esta última corresponderia à descrição apreciativa (ou avaliativa) no campo semântico. O escopo de Hjelmslev era distinguir as visões de mundo expressas pelas línguas naturais nas diferentes culturas, mas seus argumentos para a seleção do conteúdo pertinente nesses estudos são os mesmos que hoje utilizamos para avaliar o ingresso de uma grandeza no espaço tensivo. Considerava que pouco adianta a descrição física do conteúdo ("tais como 'cavalo', 'cachorro', 'montanha', 'pinheiro'") se não completarmos a análise com a "percepção ou avaliação" ("tais como 'grande', 'pequeno', 'bom', 'ruim'"):

Não é pela descrição física das coisas significadas que se chegaria a caracterizar o uso semântico adotado em uma comunidade linguística e pertencente à língua que se deseja descrever, mas, muito pelo contrário, pelas avaliações adotadas por essa comunidade, pelas apreciações coletivas, pela opinião pública[25].

24. Louis Hjelmslev, *Ensaios Linguísticos*, São Paulo, Perspectiva, 1991, p. 65.
25. *Idem*, p. 63.

O linguista ainda acrescenta que são essas apreciações, baseadas sempre em opiniões coletivas, que nos permitem compreender "metáforas" com a mesma facilidade verificada na apreensão do "sentido próprio" das expressões da língua natural. As apreciações sobre a grandeza são bem mais universais no interior da cultura do que a grandeza em si, que, aliás, significa muito pouco se não for de algum modo dimensionada pelos parâmetros afetivos ou intensivos – especialmente pelo andamento e pela tonicidade. Nosso esquema acentual procura fornecer um modelo geral para essa abordagem.

Antonio Cicero, por sua vez, ao longo de uma coletânea de entrevistas concedidas até 2014, tece considerações sobre o processo artístico de criação como algo que se materializa em julgamentos constantes:

> E a gente está sempre julgando, não adianta dizer que não, é impossível um artista não julgar se uma coisa é boa ou não, porque ele só faz o que faz porque está julgando: "tal frase é melhor do que tal outra"... O processo criativo é o tempo todo um processo de juízo valorativo mesmo. Não acredito que seja possível colocar entre parênteses o valor da obra. O processo criativo é valorativo desde o começo até o fim. O artista, quando trabalha, julga o tempo todo; ele se baseia em modelos que julga bons e joga fora os que julga ruins. E esses juízos não pretendem ser puramente pessoais. Porque a pessoa, quando faz um juízo estético, quer que o seu juízo seja aceito pelos outros[26].

Embora se atenha ao campo estético, a reflexão de Cicero possui, a nosso ver, um alcance bem mais amplo. Tudo que tem sentido sofre julgamento e já ingressa no espaço semiótico por-

26. Antonio Cicero, *Antonio Cicero*, org. Arthur Nogueira, Rio de Janeiro, Beco do Azougue, 2013, p. 120.

tando um coeficiente tensivo ou, se preferirmos, um determinado grau de acentuação. Tudo que tem sentido tem direção, ascendente ou descendente, a ser fixada pelo analista. Tudo que tem sentido segue um ritmo, implicativo ou concessivo, que nos possibilita combinar rotina com acontecimentos imprevisíveis.

E pensar que esse ritmo já estava de algum modo inscrito na maquete silábica de Saussure!

3.
Apreciação do Sentido
O Acento e as Modulações do Conteúdo

Noção de "Espera"

Os primeiros modelos lançados pela semiótica narratológica não dispunham do conceito de "espera". Talvez as ciências da linguagem dos anos 1960 e 1970 o considerassem demasiadamente subjetivo para figurar na linha de frente dos estudos textuais, estribados àquela altura no pensamento estrutural. Outra conduta evitada pelos pioneiros da semiótica era, pela mesma razão, a abordagem analítica do tempo. Temporalidade e subjetividade, duas noções inseparáveis da concepção de espera, vagavam fora do horizonte teórico daqueles pesquisadores.

Acontece que estava em jogo nessa época a construção de uma *gramática narrativa* com arcabouço conceitual suficientemente amplo para a descrição de todo e qualquer texto, verbal ou não verbal, que se apresentasse como portador de sentido homogêneo. De que modo chegar a um resultado satisfatório se ambos os termos, gramática e narrativa, pressupunham as relações subjetivas e temporais mobilizadas pela noção de espera?

Quando a gramática de uma língua natural, por exemplo, identifica as construções morfológicas e sintáticas previsíveis na criação dos seus respectivos discursos, tal gramática está, em outros termos, revelando as formações linguísticas *esperadas* por seus falantes[1]. No caso de uma gramática narrativa, o caráter temporal da espera é ainda mais crucial para se explicar as fases relatadas no texto (o sentimento de falta, as alianças entre sujeitos, a busca do objeto etc.). Não obstante, A. J. Greimas – autor que trouxe a teoria narrativa para o centro da então incipiente pesquisa semiótica – só se propôs a investigar com afinco o conceito de espera no início dos anos 1980, quando a reflexão sobre os temas subjetivos e passionais passou a ser incontornável para o desenvolvimento da teoria que fundara[2]. O autor concebeu, então, uma "espera simples", a que caracteriza o sujeito que deseja a conjunção com o seu objeto de valor, e uma "espera fiduciária", a que caracteriza o sujeito que confere a um segundo sujeito a obrigação (imaginária) de mantê-lo em conjunção com o seu objeto de valor[3]. A partir dessa dupla definição da espera, o semioticista examinou a composição narrativa e modal implícita em diversas figuras passionais, como frustração, decepção, satisfação, ofensa, vingança, cólera etc.

1. Nessa linha, o *Dicionário de Semiótica* se reporta à estética da recepção alemã e à expressão "horizonte de espera", empregada por Hans Robert Jauss para se referir à "previsibilidade das formas de organização discursiva do leitor" (Algirdas Julien Greimas e Joseph Courtés, *Dicionário de Semiótica*, p. 196).
2. Referimo-nos ao aparecimento em 1981 do texto intitulado "De la colère" em um dos documentos de pesquisa publicados pelo Grupo de Pesquisas Semiolinguísticas (Escola de Altos Estudos em Ciências Sociais de Paris), no qual Greimas apresenta um método para a descrição semântica de figuras passionais. Este ensaio faz parte do segundo volume da obra *Sobre o Sentido*, já traduzido para o português por Dilson Ferreira da Cruz (São Paulo, Nankin/Edusp, 2014).
3. Algirdas Julien Greimas, *Sobre o Sentido II: Ensaios Semióticos*, p. 236.

O que chama a atenção, porém, é a presença anterior desse conceito entre os verbetes selecionados para compor o primeiro volume do *Dicionário de Semiótica*, lançado em 1979[4], no qual figuravam apenas as noções já consagradas na primeira fase de constituição da teoria. O ensaio "De la colère" só seria publicado dois anos depois e mesmo que a reflexão sobre a espera já estivesse em gestação nos encontros de Greimas com o seu grupo de pesquisa, as acepções abonadas pelo dicionário não se referem às categorizações propostas no trabalho citado. Por outro lado, a simples inclusão de espera no dicionário, com sua carga de "temporalização" e "aspectualidade imperfectiva", ainda que com a advertência de se tratar de definição provisória, já anunciava a tendência tensiva que, em seguida, desembocaria na proposta de Claude Zilberberg. Mas o que dizer então da segunda acepção de espera arrolada no citado verbete do dicionário, considerando que esta obra ainda era marcada pelas ambições científicas do estruturalismo espacializante: "Pelo nome espera designa-se o significado de um dos termos do prosodema entonação, homologável à curva melódica dos *enunciados interrogativos*"[5].

Conceito-chave para se compreender o plano do conteúdo, a estrutura narrativa vinha então amparada por um conceito prosódico do plano da expressão. Mais especificamente, a espera do sujeito perfazia uma pergunta (à maneira da entonação interrogativa) cuja resposta se configurava nas demais etapas do percurso narrativo. Talvez

4. Trata-se da obra original intitulada *Sémiotique: dictionnaire raisonné de la théorie du langage*, vol. 1 (Paris, Hachette, 1979), escrita por Algirdas Julien Greimas em colaboração com Joseph Courtés. Embora estejamos utilizando aqui a versão brasileira deste dicionário, não concordamos com a tradução de *attente* por "expectativa". No nosso entender, se fosse essa a acepção do termo no original, os autores teriam escrito *expectative* e não *attente*. Por isso, nas citações, adotaremos sempre a expressão "espera" no lugar de "expectativa".

5. Algirdas Julien Greimas e Joseph Courtés, *Dicionário de Semiótica*, p. 196.

os autores não se dessem conta à época do alcance dessa formulação, mas cremos hoje que começava ali a "prosodização do conteúdo", ou seja, a inclusão do acento e das modulações intensivas ou distensivas como parâmetros fundamentais para a análise semiótica.

Grande entusiasta do pensamento temporal e aforístico de Paul Valéry, Zilberberg sempre adotou a sua ideia de espera (do sujeito) em contraposição à de surpresa causada pelo acontecimento. Para o pensador e poeta francês, os acontecimentos produzem impactos nas pessoas justamente por romper "construções" subjetivas fixadas em suas esperas, o que inclui as gramáticas (tanto a narrativa como a de língua). Só vivemos plenamente a surpresa quando ela transgride a estrutura ou, se preferirmos, subverte a espera. E o poeta vai diretamente ao ponto: "a estrutura é, portanto, comparável à espera"[6]. É o espaço lógico que se faz tempo.

Temos aí, de modo extremamente conciso, a razão da ausência da espera na semiótica durante a fase de implantação do seu esquema narrativo. Nesse modelo sincrônico, a estrutura fazia as vezes da espera, mas esta última noção tem a vantagem de introduzir o tempo na epistemologia semiótica e, com ele, o valor do universo sensível: "a sensibilidade está relacionada com a espera"[7]. Portanto, está relacionada também com os enunciados interrogativos e seus fluxos ascendentes que sempre culminam no acento. E, como sabemos, para Zilberberg[8], o acento é justamente a unidade de medida da afetividade, que desfruta da ambivalência de atuar tanto no plano da expressão como no plano do conteúdo. Se, para o primeiro plano, já dispomos de critérios metodológicos

6. "La structure est donc comparable à l'attente" (Paul Valéry, *Cahiers*, t. 1, p. 1315).
7. "La sensibilité est en relation avec attente" (*idem*, *ibidem*).
8. Claude Zilberberg, *Elementos de Semiótica Tensiva*, p. 110.

consagrados, que contemplam a energia em si, a frequência e a duração, para o segundo, contamos com as medidas propostas pelo semioticista francês a partir dos incrementos *mais* e *menos*, cuja combinatória produz intervalos de aumento e diminuição que nos ajudam a entender a modulação gradativa ascendente atraída pela ênfase acentual e, em seguida, a modulação descendente, a qual, em certas ocasiões, atinge o inacento.

Nossa apresentação do acento em versão desacelerada, a que vimos chamando de "acento analítico", foi inspirada pela abordagem prosódica que marcou especialmente a última fase da teoria de Zilberberg, mas que já estava delineada em seus textos anteriores, nos quais o acento figura como "a forma exemplar da intensidade". O autor chega a dizer com todas as letras que "a intensidade vem a ser a expressão analítica do sensível"[9]. Mas ainda falta descrever melhor o que Zilberberg entende por "prosodização" e como esse conceito gera um modelo (ou ritmo) de "esperas" que nos ajuda a compreender nossas experiências individuais e coletivas.

Semiótica do Acento e das Modulações

Sabemos que a semiótica tensiva se atém aos prosodemas acento e modulação, que serviram para Louis Hjelmslev definir respectivamente os elementos intensos e extensos do plano da expressão e compará-los aos morfemas, também intensos e extensos, do plano do conteúdo[10]. Ampliando bastante a perspectiva do linguista

9. "L'intensité devient l'expression analytique du sensible" (Claude Zilberberg, "Esquisse d'une grammaire du sublime chez Longin", *Langages*, n. 137, p. 104, mars 2000 [Paris, Larousse]). Trataremos disso no capítulo 5.

10. Hjelmslev sugeria certa equivalência categorial entre, de um lado, elementos linguísticos de abrangência local, como acentos (no plano da expressão) e mor-

dinamarquês, Zilberberg passou a utilizar indistintamente os dois prosodemas em ambos os planos da linguagem. Nesse ponto, lhe foi decisiva a leitura do filósofo Ernst Cassirer, que já havia adotado o acento como critério para identificar conteúdos sagrados – postos em evidência – na consciência mítica de algumas comunidades estudadas. Contudo, se o acento, no sentido de ênfase ou destaque, é uma noção que fala por si, ainda são poucas as considerações sobre a modulação não somente no plano da expressão, mas principalmente no plano do conteúdo.

No primeiro plano, a modulação hjelmsleviana traz uma acepção próxima à de entoação (ou "entonação") adotada pelo *Dicionário de Semiótica*: algo como a melodia que necessariamente acompanha os nossos discursos orais. Ela não costuma alterar a significação particular das palavras, mas exerce sempre um impacto decisivo sobre o sentido (ou direção) sonoro tomado pela frase[11]. E é justamente em nome desse sentido que a modulação se relaciona com o acento. No segmento inicial da frase asseverativa, a modulação geralmente se eleva até atingir o ápice do acento agudo e, em seguida, distende-se em direção ao inacento, numa região mais grave da voz[12]. A elevação do primeiro segmento, assim como a elevação dos enunciados interrogativos, indica, como já vimos, um compromisso com a espera, mais especificamente com a espera da

femas nominais (no plano do conteúdo) e, de outro, elementos de abrangência global, como modulações (no plano da expressão) e morfemas verbais (no plano do conteúdo). Definia os primeiros como elementos intensos e os últimos como extensos (Louis Hjelmslev, *Ensaios Linguísticos*, p. 175).

11. Navarro Tomás, *Manual de Entonacion Española*, México, Coleccion Malaga, 1966, p. 8.

12. Essas etapas são denominadas prótase/apódose pela retórica e anticadência/cadência por Navarro Tomás. Já nos detivemos na primeira oposição no capítulo 1, pp. 40-43.

continuidade discursiva, em geral uma curva melódica descendente típica da conclusão asseverativa ou da resposta a uma indagação.

Para o plano do conteúdo, Zilberberg concebe dois gêneros de modulação que também se definem por relação ao "acento da significação"[13] e podem ser esquematizados a partir dos mencionados incrementos que compõem o acento analítico. Propomos, pois, chamar de modulação *pré-acentual* a que se desenvolve na direção ascendente, passando pelas etapas *menos menos* e *mais mais*, e de modulação *pós-acentual* a que toma a direção descendente, ou seja, a que passa pelas etapas *menos mais* e *mais menos*[14]:

Figura 1. *Modulações apreciativas*

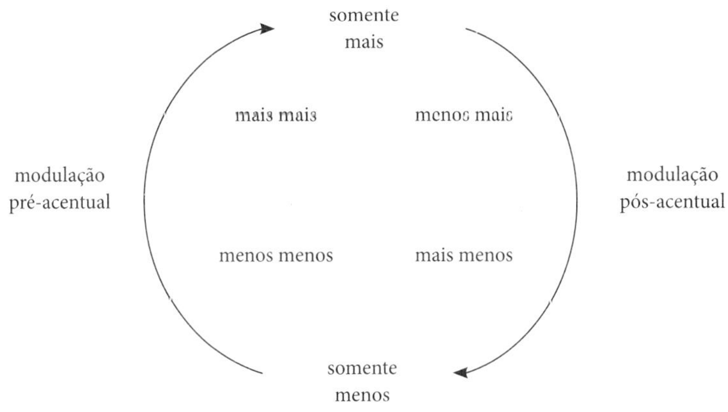

A primeira modulação é a que rejeita o estado de "vacuidade" (*somente menos*) e delineia a espera de um restabelecimento de

13. Ernst Cassirer, *Linguagem e Mito*, p. 108.
14. Claude Zilberberg, *Elementos de Semiótica Tensiva*, p. 254.

conteúdo, narrativo e/ou apreciativo, cujo resultado final pode adquirir um efeito de acento. Caso essa etapa de espera seja omitida e já tenhamos diretamente o acento, estaremos diante de um acontecimento imprevisto. De todo modo, é o acento, inesperado ou construído, que desencadeia a segunda modulação, encarregada de desfazer a alta tonicidade do impacto afetivo num processo de resolução explicativa que diminui sua intensidade em proveito da abrangência lógica da abordagem (alta extensidade). A modulação pós-acentual responde ao acento de conteúdo assim como a entoação descendente (apódose, cadência...) responde ao acento de expressão, ponto culminante da prótase. Nessa resposta podemos ter uma resolução gradativa do momento considerado tônico (passando por *menos mais* e *mais menos*) ou uma anulação pura e simples do acento sem qualquer rito de passagem. Algo próximo do que as redes sociais chamam hoje de "cancelamento".

É nesse jogo entre as modulações e o acento no plano do conteúdo que reside a prosodização da semiótica, tão almejada por Zilberberg. Vejamos um pouco mais.

Modulações Pré-Acentual e Pós-Acentual

O silêncio que precede a comunicação oral ou, se preferirmos, o estado anterior ao início de uma curva entoativa, traz a mesma vacuidade e dispersão que encontramos na zona do inacento (*somente menos*), onde nada é suficientemente expressivo para nos chamar a atenção. Como ainda não há identificação de um valor[15], também

15. Talvez possamos falar nesse caso em "valência", no sentido que lhe foi dado por Greimas e Fontanille no volume *Semiótica das Paixões: Dos Estados de Coisas aos Estados de Alma* (São Paulo, Ática, 1993, p. 44): "A valência é uma 'sombra' que suscita o 'pressentimento' do valor".

não existe o sentimento de falta nem o de espera que poderiam nos mover em direção ao objeto. Em termos mais atuais, poderíamos dizer que o excesso de mistura corresponde à dissolução dos valores no campo da extensidade. É quando nossa capacidade afetiva de reconhecimento do valor relevante tende a zero.

Semelhante estado puro de *somente menos* é bem mais nítido no universo teórico que no factual. Nosso cérebro está "programado" para rapidamente selecionar valores, por mais que o mundo ao redor se apresente heterogêneo e difuso. Isso não decorre da inclinação lógica do ser humano, mas, ao contrário, do impulso afetivo para firmar juízos e apreciações antes de qualquer ponderação metódica. Esse impulso traz sempre a tonicidade necessária para a realização da triagem de conteúdo que põe em curso a modulação pré-acentual. Inicia-se assim, como vimos, a negação da extenuidade e, caso haja um crescimento progressivo, entraremos na região do acento que se manifesta entre o recrudescimento (*mais mais*) e a plenitude (*somente mais*). Em suma, a configuração do valor em meio a conteúdos dispersos já anuncia o sentimento de sua falta e, por conseguinte, desperta a espera de restabelecimento do conteúdo até então enfraquecido pelo inacento. Em outras palavras, o silêncio ou a dissipação indistinta dos dados de nossa existência suscita também uma pergunta, mas de outra natureza: qual é o valor relevante? Num movimento simultâneo de triagem e tonificação, a modulação pré-acentual costuma responder a tal questão por meio de sucessivas apreciações que culminam no acento. Em geral, esse processo dispõe da narrativa como gramática subjacente.

Apreciação do Sentido

A própria noção de progresso narrativo, núcleo da proposta inicial de Greimas, confirma essa hipótese quando admite que o "ser semiótico" define-se por aumentos gradativos de modalidades e papéis actanciais[16]. Mas estamos propensos a considerar que tais aumentos no nível narrativo só se estabelecem deveras mediante suas respectivas constatações no nível apreciativo, como se dependessem sempre de um julgamento (uma sanção) que os legitime. Afinal, um sujeito só atinge realmente o seu objeto de valor se essa união for celebrada por alguém em alguma instância[17]. Como já lembramos anteriormente (pp. 72-73), Hjelmslev identificava esse nível de "apreciação coletiva" como "a substância por excelência, a única substância (no sentido mais estrito desse termo) que do ponto de vista semiótico é imediatamente pertinente"[18]. Sua preocupação era com a substância do conteúdo que, nas línguas maternas, já apresenta um verdadeiro sistema adjetival responsável pela classificação dos conteúdos. Nesse sentido, segundo o linguista, uma grandeza vale para a comunidade por ser mais bela, mais frágil, mais escura, mais veloz, mais autêntica etc. do que outra e, portanto, já ingressa no universo do sentido com essa primeira apreciação. Se pensarmos nessa apreciação coletiva tendo por base os incrementos de Zilberberg, arriscamos dizer que uma grandeza ganha presença efetiva no campo tensivo de acordo com o seu grau de acentuação. Tal grandeza pode permanecer num grau mínimo de existência ou mesmo de subsistência (*menos menos*, por exemplo), mas pode também atingir o ponto máximo de sua presença (*mais mais* ou *somente mais*, por exemplo), destacando-se assim de todas as demais grandezas[19].

Adotar o ponto de vista prosódico na análise semiótica corresponde, portanto, a introduzir o afeto como medida para o exame

16. Algirdas Julien Greimas e Joseph Courtés, *Dicionário de Semiótica*, p. 334.
17. A semiótica narratológica atribui essa função ao destinador julgador.
18. Louis Hjelmslev, *Ensaios Linguísticos*, pp. 65-66.
19. Claude Zilberberg, "De l'affect à la valeur", p. 55.

do conteúdo. Tal perspectiva tem como ferramenta os incrementos que emulam as fases das curvas entoativas dirigindo-se ora ao acento, ora ao inacento. Decorrem daí as modulações pré-acentual e pós-acentual. Tomemos um exemplo.

Em coluna publicada no jornal *O Estado de S. Paulo*, o antropólogo Roberto DaMatta relata o prazer, digamos, relativo de ter um livro publicado. Perfaz, de início, a modulação pré-acentual:

> Você, leitor, provavelmente não conhece a felicidade que é ver o que você durante meses imaginou, garimpando pensamentos e palavras, num livro impresso. Um conjunto de páginas com a capa e a cara de um objeto industrial atraente contendo uma narrativa. Algo com começo, meio e fim, escrito com as palavras de uma língua infinita que a todos pertence.
>
> O livro é um milagre[20].

O enunciador pressupõe o desconhecimento total do enunciatário a respeito do seu tema (*somente menos*). Constrói de forma detalhada e, ao mesmo tempo, concisa (pois, trata-se de uma coluna de jornal) o seu objeto de valor, tornando-o a cada frase mais atraente até coroá-lo com a máxima acentuação: "O livro é um milagre."

Temos aí claramente uma trajetória narrativa, mas conduzida por uma modulação ascendente plena de julgamentos positivos parciais que, somados, garantem ao "livro" a condição de objeto quase sagrado ("milagre"). "Toda a luz aqui se reúne", diria Cassirer, no "campo focal da significação"[21]. Se se tratasse de uma inflexão entoativa no plano da expressão, estaríamos no auge da prótase, a

20. Roberto DaMatta, "O Livro como um Milagre", *O Estado de S. Paulo*, Cultura & Comportamento, p. c5, 9 mar. 2022.
21. Ernst Cassirer, *Linguagem e Mito*, p. 108.

elevação que desperta em nós a espera de uma resposta melódica descendente. O que temos no plano do conteúdo, porém, é a exacerbação do *mais* ou ainda do *somente mais*, o apogeu do acento, que pede, igualmente, uma resposta de caráter menos intenso, quem sabe menos emotivo. Em outras palavras, salvo no caso de adoção de uma recursividade indefinida (aumento do aumento do aumento...), o que se espera como continuidade do *somente mais* são as relativizações, os desdobramentos explicativos ou até mesmo a negação do conteúdo enfatizado. O que se espera é a modulação descendente em versão gradativa, brusca ou mesmo misturando esses dois andamentos em diversas argumentações.

O colunista suspende o acento de maneira taxativa:

> Ledo engano, porém, pensar que o texto imaginado e agora industrializado vá levar multidões a degustá-lo e os críticos e, principalmente, os colegas a consagrá-lo. O que geralmente ocorre é o oposto...[22]

Mas a função dessa "virada" um tanto brusca é apenas a de reverter nossa espera e prepará-la para a modulação pós-acentual, pois logo vem a argumentação que diminui o ritmo da descendência:

> Publicado, o livro sai da alçada do autor e entra na impessoalidade do mercado. Entre esses espaços há, porém, uma mediação: uma noite ritualizada de autógrafos[23].

Afinal, como deixa entender o texto, o êxito futuro do livro não depende mais do autor, mas, sim, da "impessoalidade do mercado".

22. Roberto DaMatta, "O Livro como um Milagre".
23. *Idem*.

Além disso, há quase sempre uma sessão de autógrafos que de algum modo prolonga um pouco mais a influência do acento ou, se preferirmos, os efeitos do "milagre". O *mais menos*, que parecia cobrir todo o campo de desilusão do autor com o seu livro ("ledo engano…"), recua para uma pequena atenuação (*menos mais*), já que não vive mais a plenitude do livro recém-fabricado, mas ainda resta o reconhecimento de amigos, colegas e leitores eventualmente interessados.

Essas oscilações no âmbito das modulações retratam bem a inconstância emocional que leva o enunciador a rever frequentemente as medidas de sua apreciação do conteúdo. Já vimos, elas podem seguir as progressões previstas no nosso esquema, mas podem saltar etapas em decorrência de um andamento acelerado ou mesmo retroceder alguns graus de modulação, como no caso que acabamos de relatar. Podem até mesmo dar lugar a outro esquema de apreciação que em geral opera paralelamente. Nessa linha, DaMatta, na sequência, faz outra reflexão sobre o rito dos autógrafos identificando cada dedicatória como nova consagração do livro, uma vez que, ao menos em princípio, aproxima escritor e leitor antes mesmo da esperada leitura. Agora o acento recai sobre o encontro desses personagens motivado pelo lançamento da obra. Mas mesmo nesse novo cenário pode haver inversão de expectativa. Nos termos do colunista:

> […] um aluno pediu um autógrafo em um dos meus livros. Ao abrir a publicação, o prazer da dedicatória desapareceu, pois, comprado num sebo, ele já havia sido autografado para um colega quando lançado cerca de dois anos passados[24].

24. *Idem.*

A decepção do autor é indisfarçável e confirmada nas palavras do texto. Num átimo, ele modula do acento ao inacento, omitindo as fases intermediárias que poderiam servir para ponderar sua opinião sobre o que havia acontecido:

> Foi com um sentimento de ter sido descartado que reassinei novamente a obra, agora duplamente consagrada por mim mesmo, depois de ter dormido nas prateleiras poeirentas de um sebo cujo nome diz tudo[25].

No relato do antropólogo, é o próprio aluno interessado na dedicatória que, reparando a expressão decepcionada do escritor, tenta modular o seu "sentimento de ter sido descartado", dizendo ser comum esse tipo de "coincidência" (dois autógrafos no mesmo livro). Seu esforço era no sentido de recuperar um tanto do prazer da dedicatória, talvez um *menos mais* no lugar do *somente menos*. Mas prevalece essa última apreciação, uma vez que a atitude do colega soava ao colunista como "desprezo e falta de consideração".

O breve texto ainda avança mais um pouco, mostrando que a significação perdura enquanto houver novas formas de apreciação. Ao tomar conhecimento dessa reflexão do antropólogo sobre os livros, um editor, seu amigo, refaz todo o esquema do acento analítico propondo novas modulações e preservando a metáfora do milagre. No seu modo de ver e avaliar, é comum que os livros adquiram certa autonomia e, antes de atingir o seu verdadeiro esplendor, sofram um "milagre às avessas", como se isso fosse um impulso necessário para recobrar suas forças. Nesse sentido, depois do lançamento, eles costumam perder o encanto, o brilho, e desaparecer entre seus pares no mundo difuso dos sebos. É quando,

25. *Idem.*

no plano do inacento (*somente menos*), tais obras se tornam invisíveis. Em compensação, ainda segundo o editor, eles tendem a voltar discretamente (*menos menos*) às mãos de possíveis leitores e, aí sim, com a chance de serem abertos e lidos (*mais mais*). Nessa versão, o verdadeiro milagre concentra-se, não tanto no livro, mas na sua leitura (*somente mais*):

> Contei essa história ao meu amigo José Mário Pereira, emérito editor, e ele relatou ser comum esse milagre às avessas de livros que andam, como se vivos fossem, dos autógrafos ao sebo e, de lá, voltam calados, mas felizes com a possibilidade do milagre de serem abertos, lidos e prontos a difundir [suas mensagens], no seu modo silencioso e humilde [...][26].

Mudam-se as grandezas, as argumentações e a abrangência do conteúdo, mas permanecem os acentos, as modulações e as medidas apreciativas dando suporte ao que chamamos de sentido no nosso universo individual e comunitário.

Categorizações Cotidianas

Outro colunista, Gregório Duvivier, em estilo irônico e humorístico nos oferece um exemplo lapidar de modulação ascendente, pré-acentual, a partir da reflexão sobre o conceito bem brasileiro de "amigo pessoal". Diz ele, numa de suas crônicas semanais, que o amigo pessoal difere, em primeiro lugar, do "amigo coletivo", geralmente "mediado por uma turma". Este último amigo, por sua vez, não se confunde com o "colega" nem com o "conhecido", aquele que, curiosamente, "não conhecemos muito bem". O que

26. *Idem.*

dizer, por fim, do "semiconhecido", esse quase desconhecido? Mesmo mantendo o tom satírico, Duvivier cria em sua coluna categorias que precedem e ajudam a entender o termo acentuado, o amigo pessoal:

> Existe uma hierarquia: o semiconhecido está abaixo do conhecido, que vem logo abaixo do colega, que vem antes do amigo coletivo, que precede o amigo pessoal[27].

Além do preenchimento das etapas modulatórias ascendentes que já descrevemos acima, o colunista ainda propõe "partições"[28], ou seja, subdivisões[29] das etapas de aumento, mostrando didaticamente as gradações tônicas que conduzem o conteúdo ao seu apogeu acentual:

Figura 2. *Partições pré-acentuais*

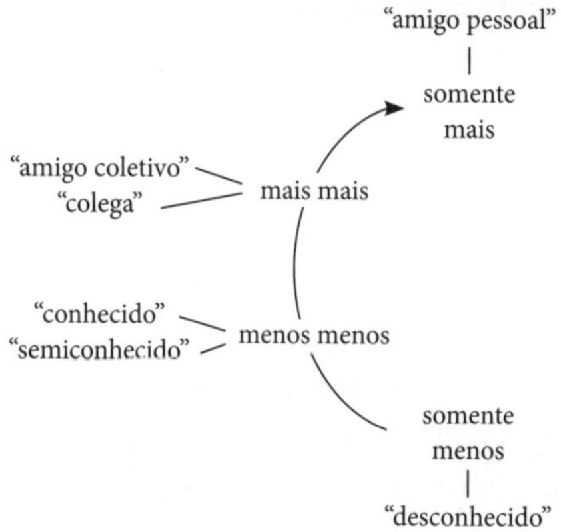

27. Gregório Duvivier, "Amigo Pessoal", *Folha de S.Paulo*, Ilustrada, p. C5, 13 abr. 2022.
28. Claude Zilberberg, *Elementos de Semiótica Tensiva*, p. 57.
29. Começamos a tratar das partições nas pp. 43, 56 e 61.

Só completamos os dados da figura com a noção logicamente subentendida de "desconhecido". Ela retrata bem a extensidade difusa, indefinida, distante ainda dos projetos de triagem que trazem os primeiros indícios de uma futura acentuação. No nível do *menos menos*, o autor sugere as partições "semiconhecido" e "conhecido", dois estágios de modulação crescente que se afastam um pouco da indeterminação anterior sem contudo adquirir posição de ênfase na esfera acentual. As partições seguintes, "colega" e "amigo coletivo", no domínio do *mais mais*, já denotam triagem consumada e início da tonicidade que pode eventualmente converter "colega" ou "amigo coletivo" em "amigo pessoal" (*somente mais*).

Sempre com redação saborosa, Duvivier valoriza os estágios de formação do acento principal, desacelerando, por assim dizer, o impacto do conceito em destaque: "puristas da amizade dirão que amigos não pessoais não podem ser chamados de amigos. Discordo". Para ele, o colega ou o amigo coletivo podem ser companhia agradável, divertida e, acima de tudo, o embrião de um novo amigo pessoal. Delineia assim a trajetória implicativa entre fases subsequentes da modulação pré-acentual, examinando em particular a passagem final do estágio *mais mais* ao *somente mais*.

> Basta chover um pouco mais. E vocês ficarem ilhados no escritório. Ou basta um porre, uma viagem, um acidente, um pneu furado. O que separa um amigo coletivo de um amigo pessoal, muitas vezes, é um perrengue. Mas pode ser uma carona – de preferência daquelas demoradas, na hora do *rush*. Se cair um temporal, melhor ainda. Entre um silêncio e outro, você vai abrir uma chaga, e ele vai compartilhar uma memória, você vai rebater com uma esperança, ele vai contar um segredo. Pronto. Ali [...] o amigo pessoal acaba de nascer[30].

30. Gregório Duvivier, "Amigo Pessoal".

Encontra-se nesse desfecho o núcleo acentual do texto, dotado de alta tonicidade, mas não de alta aceleração. Assim como a definição semiótica de acontecimento, o elemento acentuado sempre recai sobre um conteúdo que tem importância para o homem, mas não podemos dizer que, neste caso, a ideia de "amigo pessoal" tenha nascido inesperadamente. As narrativas prévias sugeridas pelo autor são modos de construção progressiva que exemplificam o caráter analítico do acento: seu brilho final decorre de convivências e compartilhamentos de conteúdo que pouco a pouco geram a amizade pessoal. Portanto, tudo indica que o acento traz a ênfase típica do acontecimento, mas não necessariamente a sua velocidade de aparição.

Cabe observar ainda que não são propriamente as situações (chuva, carona, acidente) vivenciadas que determinam o avanço acentual da amizade, mas sim o êxito da comunicação entre os personagens durante os "perrengues": o compartilhamento de infortúnios, lembranças, confidências etc. No fundo, o que está em jogo é o nascimento da confiança mútua nos interstícios da conversa pessoal ou, em outras palavras, a apreciação positiva que ambos fazem do período de convívio.

Quanto ao aumento gradativo da tonicidade através de suas partições, não podemos esquecer que o mesmo ocorre no plano da expressão. Para se atingir a elevação máxima da prótase é comum que tenhamos segmentos entoativos intermediários que vão adiando a ocorrência do ápice acentual. A ascendência melódica que conduz o trecho inicial da frase "se chover (prótase) não sairei de casa (apódose)" pode ser desdobrada em outros segmentos, tais como "se chover / e eu estiver sem carro / e ainda ninguém vier me buscar (auge da prótase) / não sairei de casa". São essas as partições que podem ser transferidas ao plano do conteúdo e que resultam em progressões como "conhecido", "colega", "amigo coletivo" e "amigo pessoal".

No nosso entender, portanto, Gregório Duvivier acabou produzindo uma versão analítica do conceito brasileiro de "amigo pessoal", na medida em que o identificou em meio (e em comparação) a outras noções de mesma natureza e assinalou passo a passo o seu aumento de tonicidade até atingir o ponto de prestígio que normalmente lhe atribuímos em nossa comunidade. Mesmo sem intenção pedagógica (longe disso!), ele demonstrou de maneira didática que o conceito acentuado pressupõe etapas de construção ("hierarquias"), as quais, em nossas interações dinâmicas do dia a dia, ficam apenas subentendidas.

Resolução Extensiva

Se o texto fosse, por exemplo, sobre a importância de um determinado "amigo pessoal" na sua vida, o acento sobre esse conceito já estaria social e linguisticamente assegurado para que o autor pudesse discorrer sobre a dedicação e a afeição desse amigo numa situação específica. O sentimento de amizade em si, em seu esplendor, já teria sido vivenciado pelo enunciador com tal intensidade que agora só lhe restaria tentar explicá-lo, atenuando o afeto e traduzindo-o em discurso. Essa passagem, do *somente mais* ao *menos mais* (Figura 1, p. 83), funciona em geral como resolução do acento, ou seja, como decomposição do impacto ou da ênfase conceitual num primeiro grau de extensidade. Trata-se aqui de uma fase produtiva da expansão do conteúdo, em que imperam os argumentos e as explicações esclarecedoras. A fase seguinte, caracterizada como *mais menos* (Figura 1, p. 83) já prevê alguma diluição, seja por excesso de extensidade, na qual tudo se mistura com tudo, seja por se aproximar da anulação do acento e da extenuação dos valores, quando nada mais tem importância.

As modulações ajudam-nos a entender melhor a noção de extensidade e suas tendências à concentração ou difusão. No parágrafo anterior, comentamos a modulação pós-acentual, a que vai da intensidade (mítica, afetiva) à extensidade (lógica, resolutiva), ou seja, do *somente mais* ao *menos mais*. Essa última etapa pode se alongar "indefinidamente" (por exemplo, um livro inteiro sobre um fenômeno ou um conceito que monopolizou a atenção da sociedade), explorando a difusão extensiva. Mas pode também se estender no sentido de exaurir o tema e retirar-lhe o acento – esgotá-lo em seu vigor emotivo. É quando passamos à etapa *mais menos* ou atingimos o *somente menos*.

Esperamos que a modulação pré-acentual tenha ficado clara no texto de Duvivier: a ampla extensidade contida na noção de "desconhecido", ou mesmo de "conhecido" (aquele com quem temos ligeiras relações sem nenhuma intimidade), tende a se concentrar e a se destacar a partir das noções de "colega" e "amigo coletivo", até alcançar a máxima ênfase no conceito de "amigo pessoal". Essa modulação sempre contrai a extensidade e conduz nossa atenção para o termo tonificado.

Acentuação e Resolução

Mas a diferença entre as modulações pré-acentual e pós-acentual nem sempre é óbvia. As apreciações podem tomar um rumo difuso (expandido) ou seletivo (contraído). Duvivier inicia a sua coluna sob o impacto afetivo da noção de "amigo pessoal": "gosto dessa categoria tão brasileira". O que vem depois é pura resolução discursiva. O autor checa o uso da expressão em outros idiomas, avalia sua especificidade no Brasil, compara a sua acepção com as de termos próximos, enfim, expande o seu campo de indagação. Logo, porém, começa a fechar o cerco e a selecionar os conceitos que, a cada etapa, recebe um tônus maior até reencontrar, agora de forma gradual e sistemática, o ápice acentual responsável pelo título do texto. Portanto, uma coisa é a argumentação que se estende pelo universo de conteúdo (pós-acentual) e outra, a que se contrai em busca da palavra-chave que motivou o discurso ou o fenômeno (pré-acentual). Uma abre a extensidade, enquanto a outra a comprime. Uma atenua o efeito do acento, enquanto a outra o constrói ou reforça. Tais modulações se cruzam, mas não se confundem.

Talvez possamos dizer que, na vida, nos pautamos pelos acentos cujas incidências realçam os seus principais conteúdos. Afinal, sempre esperamos encontrá-los e, depois disso, não os esquecemos jamais. Caso sejam de natureza disfórica, receamos encontrá-los, mas se isso for inevitável, também não mais os esquecemos. Já as modulações, embora não produzam tais impactos, consomem quase todo o nosso tempo de vida, pois fazem as passagens, longas ou breves, entre os acentos. Cabe aqui, portanto, parafrasear o conhecido aforismo de Paul Valéry: o mundo vale pelos acentos e dura pelas modulações[31]. Nesse "vale" está contida nossa constante apreciação – sempre mais afetiva que lógica – do mundo e dos semelhantes, seja ela construída passo a passo pela modulação ascendente do acento ou apreendida repentinamente em forma de acontecimento inesperado que elide as etapas progressivas da

31. "Le monde ne vaut que par les extrêmes et ne dure que par les moyens. Il ne vaut que par les ultras et ne dure que par les modérés" ["O mundo vale pelos extremos e dura pelos meios. Vale pelos radicais e dura pelos moderados"] (Paul Valéry, *Cahiers*, t. 2, p. 1368). Claro que nos reportamos diretamente à primeira frase do adágio valeriano.

tonicidade. No significado de "dura", por sua vez, estão contidos os movimentos de expansão e contração do sentido ou as modulações propriamente ditas.

No caso da expansão, temos um conteúdo que se estende e, nesse processo, pode chegar a um detalhamento meticuloso do objeto ou conceito acentuado, o que contribui para apurar a sua compreensão lógica, mas também, por outro lado, para diminuir o seu impacto emotivo (*menos mais*). Sem contar que muitas vezes esse processo tende a uma vastidão indefinida que mais dissipa do que esmiúça o conteúdo em foco (*mais menos*). A dissipação aqui decorre do excesso de dispersão (mistura da mistura da mistura...), e seu resultado não difere muito da simples anulação acentual, a qual, como vimos, suprime bruscamente as etapas degressivas da modulação pós-acentual. Já no caso da contração do sentido, temos o movimento inverso de triagem dos valores, algo que ocorre em geral depois das miscelâneas factuais ou discursivas levadas ao paroxismo ou, o que dá no mesmo, depois do esgotamento de um conteúdo. A permanecer nesse estágio de *somente menos* poderíamos supor, inspirados ainda pelo aforismo do poeta francês, que então a vida não "vale" nada! Pelo menos essa vida sem acentos. Nasce, assim, a modulação pré-acentual, sempre disposta a consagrar novo conteúdo por seleção e tonificação. Em outras palavras, a vida continua "valendo" porque sentimos falta de algo relevante que se configura gradualmente ou que já sobrevém plenamente configurado.

Dessa maneira, é comum que o desenrolar dos fenômenos com forte repercussão social ou mesmo o desdobramento discursivo de temas especialmente instigantes, depois de certa expansão comunicacional ou analítica, tendam a se concentrar em imagens ou expressões emblemáticas que representam o processo como um todo e dispensam as informações complementares ou as argumentações explicativas já elaboradas. Do ponto de vista semiótico, a difusão extensiva, quanto mais fecunda, mais sugere uma posterior contração simbólica que, por sua vez, compreende alta seletividade conjugada à intensificação. É com esse elemento acentuado que nos relacionamos emocionalmente, ora desejando-o, ora repelindo-o – mas nunca com indiferença. Isso não significa que a emoção deixe de se espalhar também pelas modulações que sucedem ou antecedem o acento, e sim que a forma concentrada da tonicidade já contém em si um apelo emotivo. Mesmo que se trate de um conceito abstrato construído ao longo do texto, sua redução a poucas palavras ou a uma frase curta vem sempre com força própria que não se reproduz em seus desdobramentos explicativos. É quando nos apegamos a um "*belo* conceito", à "síntese *elegante* de uma teoria" ou à "*poeticidade* da ciência astronômica" etc. Há sempre um afeto em jogo, mesmo se as palavras subjetivas não estiverem presentes[32].

Salto Acentual

Mas há ainda o salto acentual, quando um acontecimento inesperado com altíssimo valor afetivo surpreende o enunciador e "rouba a cena" que vinha sendo montada num contexto lógico e claramente implicativo. É o caso de "Amantes Tardios", coluna escrita por Eugênio Bucci no jornal *Estado de S. Paulo* de 2 de junho de 2022.

O ponto de partida desse texto é o acessório que com certa frequência nos dias atuais encapa os jornais impressos, veiculando

32. Essa tendência da linguagem verbal a se concentrar em palavras ou sentenças breves (provérbios, máximas, aforismos etc.) manifesta a força afetiva da modulação pré-acentual.

no espaço correspondente ao das principais manchetes da primeira página um informe publicitário que, no fundo, se aproveita da atenção imediata do leitor, para anunciar um produto comercial. Acostumado a esta altura com tais mensagens, o assinante escaldado costuma atribuir valor zero (*somente menos*) a essa sobrecapa, limitando-se a descartá-la quase que automaticamente. O próprio colunista admite que faz isso com frequência ("Eu sempre jogo fora todas as 'capas promocionais'. Nem tomo conhecimento")[33], mas, desta feita, parece inclinado a receber esses anúncios como sinais de uma época que pede a integração do jornalismo com a publicidade, ainda que historicamente essas áreas não tivessem sido pautadas por objetivos comuns.

Tal simulação de primeira página, antes inadmissível no âmbito dos jornais de prestígio, agora parece ser tolerada e até incentivada para "salvar o negócio" cada vez menos favorável à produção do jornal impresso. Já se pode ver aí certa valorização da chamada capa promocional. O compartilhamento desse espaço nobre de notícias, mesmo que por um brevíssimo intervalo de tempo anterior ao descarte, aumenta o poder de atração da peça publicitária nem que seja apenas por tornar visível algo que talvez se perdesse nos cadernos secundários do mesmo jornal.

Com a descrição meticulosa dessa sobrecapa promocional, que se adere graficamente ao cabeçalho e ao logotipo do periódico, o colunista já demonstra algum entusiasmo com o acordo promissor dos dois setores profissionais que até então caminhavam paralelamente, mas não se misturavam nos espaços de fruição do público. É como se o jornalismo reconhecesse o papel incontornável da publicidade no mundo contemporâneo e oferecesse o seu aval

33. Eugênio Bucci, "Amantes Tardios", *O Estado de S. Paulo*, 1º Caderno, 2 jun. 2022.

perante leitores cativos. Temos até aí a modulação de reaproveitamento (*menos menos*) do que estava fadado ao simples descarte.

Mas dá-se então o salto acentual. O que realmente extasiou o autor foi uma capa promocional específica, criada para incrementar as vendas do "dia dos namorados". A data comemorativa justificava a construção publicitária de cenas amorosas e, consequentemente, a exibição de roupas íntimas com suas devidas logomarcas. Algo, porém, deixou o enunciador "mesmerizado": a "faixa etária" avançada dos modelos contratados para a promoção. Em vez dos pós-adolescentes habituais, eram dois idosos seminus que manifestavam sensualidade e forte atração entre si.

Aqui, sim, o termômetro da apreciação do colunista atinge o grau máximo do impacto afetivo:

> Não consegui desgrudar minhas retinas fatigadas da fotografia em que um homem e uma mulher se abraçam de olhos fechados... A imagem prima pelo realismo, quase dá para ouvir os sussurros... O que me espantou, na manhã de domingo, foi a faixa etária dos modelos, já passados da terceira idade... Mas adorei... Em meio ao conservadorismo assexuado dos textos jornalísticos, vibrei com a libido de peles envelhecidas sequiosas por grudarem uma na outra[34].

Nada mais compatível com o conceito de acontecimento tão enaltecido pela semiótica tensiva de Zilberberg. Nada mais próximo da exclamação no plano da expressão, no sentido de grito, interjeição ou mesmo palavras que condensam emoção e não se dirigem a ninguém em especial. O enunciador encontra-se realmente siderado pelas imagens do informe publicitário, chegando

34. *Idem.*

a ouvir os "sussurros" libidinosos das personagens fotografadas, já que elas se mostram ativas diante da sua passividade estarrecida. No fundo, o acontecimento é o fenômeno que queima etapas modulatórias da ascendência gradativa e atinge diretamente o acento máximo de conteúdo (*somente mais*). Nesse caso, o impacto sofrido pelo colunista é de natureza claramente sensitiva, a ponto de precisar de algum tempo para conseguir descrever o ocorrido em termos racionais.

Só então aparecem as atenuações que jamais explicam o impacto em si, mas propõem conjecturas a respeito dos motivos que o desencadearam. É quando a apreciação do autor da crônica se desdobra no plano da extensidade em busca desses motivos. Ele observa assim que a volúpia das peles envelhecidas contradiz o "fetiche" mercantilista de que só há beleza e atração entre jovens. Cogita ainda que talvez ele próprio tenha se identificado com as personagens da terceira idade, uma vez que, a partir da sugestiva capa, até se sentiu orgulhoso de seus traços pessoais indicando a velhice que se avizinha.

Muito brevemente essa expansão temática (ou modulação pós-acentual) passa a se contrair e a tomar forma de uma síntese metafórica, agora sob controle do enunciador, que se expressa no encontro do casal como símbolo de uma aproximação, também tardia, entre jornalismo e publicidade, não mais apenas como práticas rivais, mas, sobretudo, como protagonistas de um enlace necessário às suas respectivas continuidades no mercado. Essa é a esperança do colunista que até "faz figa" (este gesto antiquado…) para que se realize. Já se pode notar um novo compromisso afetivo do autor que se define em direção à concentração e ao acento, desta vez construído progressivamente em seu próprio discurso.

Epílogo

A modulação pós-acentual é sempre um caso de mergulho na extensidade ou, se preferirmos, na resolução (ou atenuação) do impacto causado pela ênfase emotiva. Mas ingressar na extensidade significa também dosar o grau de abrangência de um conteúdo para mais ou para menos. No primeiro caso, temos a expansão do tema em diversas frentes analíticas que podem tanto enriquecer o conhecimento em causa como diluí-lo em excessiva dispersão. No segundo, temos a concentração do tema em noções, figuras ou metáforas sintéticas que, como tais, selecionam o essencial do conteúdo anteriormente expandido e adquirem consistência simbólica suficiente para percorrer as etapas tonificantes da modulação pré-acentual (*menos menos* → *mais mais*). Ou seja, o aumento da densidade de presença (concentração) de um conteúdo já é sinal de aumento da sua tonicidade. No exemplo que acabamos de examinar, os comentários decorrentes da luxúria dos idosos exibida na capa publicitária e as suspeitas do próprio colunista de ter se identificado com a cena fazem parte da expansão temática. A ideia de um acasalamento atual do jornalismo com a publicidade já se configura como um conteúdo em concentração ou uma proposta que se expõe ao acento. Sua ascendência é gradativa, dependente da argumentação, e difere do salto acentual que queima etapas da tonificação e chega diretamente ao *somente mais*, típico do acontecimento inesperado.

Resta lembrar que a diluição pode proceder do excesso de expansão ou, nesse caso, de dispersão, mas pode também queimar etapas de descendência e chegar imediatamente ao *somente menos*. Vimos isso no exemplo do colunista Roberto DaMatta, quando, ao autografar um exemplar de seu livro, percebe que outrora já havia assinado a mesma obra para um colega, o qual, em seguida, encaminhou-a a um sebo. Seu entusiasmo com o livro se transforma em decepção afetiva e se dilui sem qualquer etapa transitória de argumentação.

Se nossa vida é sempre a espera do que vale a pena no campo afetivo e a própria espera é sempre um sinal dessa sensibilidade, não nos surpreende que a busca dos acentos se dê tanto nas inflexões entoativas do plano da expressão como nas modulações de sentido do plano do conteúdo. "Prosodizar" o conteúdo, principal intenção declarada da semiótica tensiva, significa introduzir a intensidade acentual, mediada pelas extensidades modulatórias, no cerne do modelo descritivo e repropor, agora em base sintáxica, o isomorfismo entre os planos da linguagem.

4. Da Prosódia Fundamental à Prosódia Vocal e Vice-Versa

Prosódia Fundamental

A análise do sentido gerado por nossas linguagens naturais ou estéticas vem se beneficiando cada vez mais dos parâmetros descritivos criados originalmente para se estudar o plano da expressão. As inflexões melódicas que transportam nossos afetos no encadeamento da fala confirmam a existência de um vínculo perene entre o conteúdo discursivo e o nosso universo emocional, mesmo quando tentamos nos ater às argumentações lógicas. As elevações entoativas, por discretas que sejam, tornam a curva mais tensa e impregnada de pequenos desejos, lamentos, exclamações, exaltações, enfim, diversos estados afetivos nem sempre traduzíveis pela linguagem articulada. Tais elevações podem também ser apenas o início de uma trajetória ascendente em direção a um acento principal que, muitas vezes, manifesta o ápice da comoção verbalizada. É quando, por exemplo, chegamos ao ponto mais sensível de uma interrogação, de uma dúvida ou de uma insinuação. Ou, ainda, quando atingimos o nível mais elevado da prótase, pouco antes do descenso melódico típico da asseveração.

Temos dito com frequência que essa entoação imbricada no discurso oral está na base da orientação tensiva adotada pela semiótica de Claude Zilberberg. Não apenas a entoação, mas também a silabação saussuriana reproduz em modelo miniaturizado a relação entre intensidade e extensidade que se tornou uma das chaves para a compreensão do funcionamento discursivo, especialmente de sua arte de conjugar mundo interior com mundo exterior nas ininterruptas apreciações humanas do sentido. Assim como nossas melodias orais tomam a direção ascendente até o ponto culminante do acento (antes da descendência afirmativa) e a sonoridade silábica se abre até o ápice vocálico (antes da implosão sonora), nosso pensamento diário, servindo-se de parâmetros pessoais e coletivos, também atribui graus crescentes de relevância a certas grandezas e a certos conteúdos vividos (antes de relativizá-los, dispersá-los ou diminuí-los durante a avaliação). Todos esses são casos de acentuação que revelam maior ou menor intensidade afetiva e que despertaram o interesse de alguns pesquisadores pelos fundamentos prosódicos da construção do sentido.

Essa é a origem, como já dissemos, do que hoje conhecemos como semiótica tensiva, teoria totalmente comprometida com o projeto de "prosodização do conteúdo"[1], ou seja, de adoção da intensidade como força propulsora do seu sistema conceitual. Decorre desse projeto a atenção que Zilberberg concede à noção de acento proposta por diversos autores de sua linhagem bibliográfica. Do acento vocálico de Ferdinand de Saussure ao acento rítmico de Gaston Bachelard e de Gisèle Brelet – passando pelo acento local (ou intenso) de Louis Hjelmslev, o acento mítico (ou sacral) de Ernst Cassirer, o acento valorativo de Paul Valéry e o acento diferencial de

1. Claude Zilberberg, *Elementos de Semiótica Tensiva*, p. 120.

Gilles Deleuze – o semioticista construiu uma espécie de paideuma[2] acentual, que nos permite reconsiderar o papel determinante da intensidade nos estudos sobre a significação. Nesses termos, podemos dizer que a prosódia deixou de ser um acessório das gramáticas em geral para se tornar um núcleo epistemológico de onde emanam as diretrizes tensivas que ora acentuam, ora modulam nossa apreciação das grandezas e das paixões humanas.

Silabação e Entoação

As combinações de explosões e implosões silábicas propostas por Saussure no seu estudo do fonema na cadeia falada[3] motivaram as combinações de *mais* e *menos*, quantificações não numéricas que Zilberberg aplica no plano do conteúdo. Assim como as categorias da silabação respondem pelos graus de abertura ou fechamento dos órgãos bucais, os incrementos (*mais* e *menos*) indicam graus de aumento ou diminuição da intensidade atribuída a um estímulo determinado. O "grupo explosivo-implosivo" (< >) é para o linguista suíço a combinação do máximo de abertura (ponto vocálico) com o início do fechamento sonoro. Isso corresponde, no plano do conteúdo, ao ápice acentual, lugar onde a plenitude tônica só pode decrescer (ou atenuar) do *somente mais* ao *menos mais*. O "grupo implosivo-explosivo" (> <), responsável pela "fronteira de sílaba" – já que combina a oclusão fonética com a reabertura do som –, pode ser associado à passagem do *somente menos* ao *menos menos* ou, de

2. "A ordenação do conhecimento de modo que o próximo homem (ou geração) possa achar, o mais rapidamente possível, a parte viva dele e gastar um mínimo de tempo com itens obsoletos" (Ezra Pound, ABC *da Literatura*, São Paulo, Cultrix, 1973, p. 161).
3. Ferdinand de Saussure, *Curso de Linguística Geral*, pp. 62-78.

acordo com os conceitos sugeridos por Zilberberg, da extenuação ao restabelecimento. O "elo explosivo" (< <), formado por dois ou mais encadeamentos de aberturas silábicas, equivale ao recrudescimento, o *mais mais* da ascendência tensiva ou, se preferirmos, ao intervalo entre esta etapa e a plenitude (*somente mais*). O "elo implosivo" (> >), por fim, perfaz a minimização, o *mais menos* do descenso tensivo, ou o intervalo entre esta etapa e a sua extenuação (*somente menos*).

Figura 1. *Silabação nos incrementos*

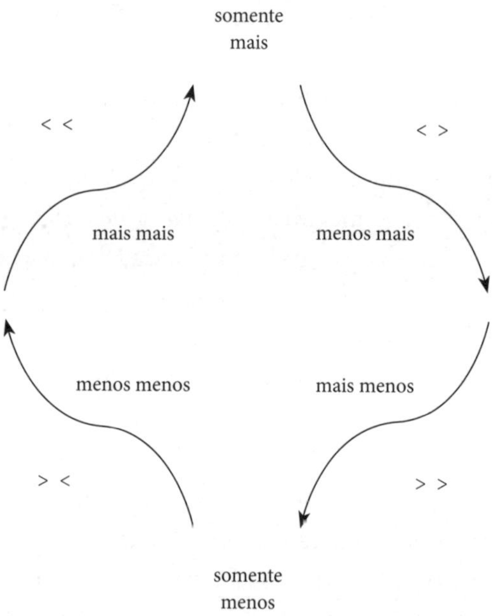

Embora não destaque nenhum estudo especial sobre as curvas entoativas – exceto os conceitos genéricos de prótase e apódose, indicando respectivamente as modulações da ascendência e descendência –, Zilberberg nunca escondeu que suas hipóteses tensivas se ancoram não apenas na silabação saussuriana, mas também nos prosodemas de Hjelmslev: o acento e a modulação. São essas as categorias que o semioticista transferiu para o plano do conteúdo. Hoje podemos dizer que, na direção ascendente, temos a modulação pré-acentual (*menos menos → mais mais*), gradação da irrelevância à ênfase máxima (*somente mais*) e, na direção descendente, a modulação pós-acentual (*menos mais → mais menos*), com a resolução da ênfase, do acento, em dados diluídos ou diminuídos.

Mas não é difícil encontrarmos trabalhos de fôlego no âmbito da entoação que confirmam, tanto quanto a silabação, essas mesmas etapas modulatórias ascendentes e descendentes, servindo-se também da mesma combinatória entre os incrementos semióticos. Podemos citar, por exemplo, a obra seminal de Navarro Tomás (*Manual de Entonacion Española*), na qual estão descritos os movimentos graduais das unidades entoativas em direção ao ponto mais agudo da frase enunciativa e, em seguida, o seu declínio, também gradual, até a atonização da curva na região grave. Tais unidades são delimitadas pelos chamados "tonemas", ou seja, pelas finalizações tonais que indicam o valor expressivo dessas inflexões parciais. Os tonemas decisivos são aqueles que definem a prótase, o ápice acentual, e a apódose, o seu descenso melódico conclusivo. O autor espanhol prefere chamá-los de anticadência e cadência. Mas o interessante é que ainda acrescenta um estágio de passagem anterior ao primeiro, a semianticadência, e outro, anterior ao segundo, a semicadência. Desse modo, podemos apreciar os tonemas em gradação ascendente e descendente e ainda suas respectivas combinatórias incrementais na direção do acento e do inacento[4].

4. N. Tomás prevê ainda um tonema que interrompe as evoluções agudas ou graves da melodia, evitando ou postergando os núcleos de acento ou inacento das inflexões. Esse tonema suspensivo poderia ser traduzido, no plano do conteúdo, como *nem mais, nem menos* (Navarro Tomás, *Manual de Entonacion Española*, p. 76).

A semianticadência e a semicadência indicam que as entoações do plano da expressão podem ter os seus tonemas desdobrados em estágios gradativos até que atinjam o ápice da elevação (a anticadência) ou do declínio (a cadência). A leitura em voz alta dos longos parágrafos de Caetano Veloso em *Verdade Tropical*, por exemplo, exibe com clareza as numerosas terminações tonais que antecedem a prótase e a apódose. Tais desdobramentos ascendentes e descendentes nos levam a considerar que, ao lado da acentuação rápida e sintética, típica da exclamação, temos também, e com mais frequência, a acentuação analítica, a que vai se formando vagarosamente por etapas. Examinemos um pouco mais a relação entre essas categorias entoativas e as combinatórias de *mais* e *menos* que nos permitem quantificar subjetivamente o conteúdo humano.

Em geral, o tonema da semianticadência elimina o silêncio provocado pela cadência anterior, ou seja, ele vem após a finalização conclusiva de uma dada enunciação. Ele pode também se desdobrar em duas ou mais semianticadências, afastando de vez o silêncio, mas ainda com inflexões finais pouco elevadas para conquistar a atenção plena do ouvinte. Se pudermos chamar esse silêncio de inacento e, desse modo, associá-lo à noção de *somente menos*, apresentada no esquema acima, não teremos dificuldade em constatar, parafraseando Zilberberg, que a primeira semianticadência "retira ao menos um menos" do inacento imposto pelo término da afirmação e introduz a curva melódica na região do *menos menos*. A segunda já "retira mais de um menos" e consolida certo avanço em direção às terminações mais elevadas que definem a região seguinte, da anticadência. Chegando aqui, os tonemas ingressam numa faixa positiva de acentuação (*mais mais*) e, portanto, adquirem graus maiores de expressividade até atingir o ápice da prótase. A primeira fase dessa elevação contundente contém o "acréscimo de ao menos um mais". A segunda, ou anticadência propriamente dita, contém o "acréscimo de mais de um mais"[5], no limiar do *somente mais*.

5. Essas definições já foram introduzidas à p. 56.

Esses mesmos desdobramentos podem ser observados no descenso que leva à apódose. A semicadência "retira ao menos um mais" do clímax acentual e sua duplicação pode ser reconhecida pela "retirada de mais de um mais". Ou seja, as terminações tonais das curvas decrescem aos poucos à medida que o acento perde o seu vigor (*menos mais*). Já numa fase de negação do acento, a cadência também pode se desdobrar em dois segmentos, com um tonema que "acrescenta ao menos um menos" e outro, ainda mais declinante, que "acrescenta mais de um menos". Completa-se, assim, a fase do *mais menos* no limiar do *somente menos*, este inacento silencioso:

Figura 2. *Entoação nos incrementos*

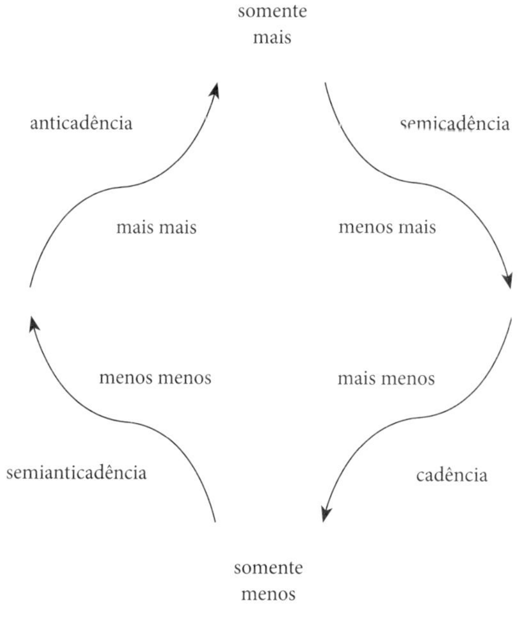

A silabação e o movimento entoativo respondem pela constante pulsação de intensidade que captamos no plano da expressão da linguagem. Nossas frases orais vibram nas aberturas vocálicas e nas elevações dos tonemas e, por outro lado, deixam arrefecer sua sonoridade nos fechamentos consonantais e nos declínios das curvas melódicas.

Incrementos

Os incrementos *mais* e *menos* e suas combinatórias representam um feliz achado de Zilberberg para transferir essas oscilações nitidamente perceptíveis no plano da expressão ao plano do conteúdo. O ponto de convergência é a noção de *acento*, presente de maneira concreta na pronunciação silábica e na evolução entoativa da linguagem oral e, de maneira abstrata, nas formas simbólicas que merecem algum destaque cultural. Assim como as inflexões melódicas da fala se movem na direção do acento principal, nossos conteúdos diários são constantemente escalonados de acordo com o seu grau de relevância comunitária, grupal ou até individual. Assim como os acentos entoativos revelam níveis de envolvimento afetivo, até mesmo na condução nos discursos lógicos, os acentos simbólicos também são medidos por critérios emocionais que dosam o valor dos conteúdos em pauta. Nem os conceitos científicos, avaliados por métodos estatísticos, estão livres da maior ou menor empolgação emocional de seus criadores ou seguidores.

Os contornos finais das unidades entoativas indicam claramente suas tendências ascendentes ou descendentes, embora suas alturas não sejam precisas de um ponto de vista técnico. Elas são instáveis e oscilantes como, aliás, convém às frases melódicas que acompanham nossa fala: precisam expressar as nuances do significado linguístico e não a afinação dos tons musicais. Do mesmo modo, no plano do conteúdo, os incrementos são medidas imprecisas de apreciação, mas próprias para estabelecer quantificações subjetivas, essas que realizamos a todo instante para justificar nossas escolhas diárias. Por isso suas combinatórias dão margem a gradações internas. Podemos, por exemplo, avaliar uma situação de vida no estágio *menos menos* dizendo "saí da pior", "menos mal" e "não foi tão mal assim". Ou ainda, no estágio do *mais mais*, usando as expressões "melhorou bastante", "melhorou muito" e "melhor é impossível". Essas progressões estão longe de serem exatas de um ponto de vista numérico, mas certamente serão aceitas e compreendidas por qualquer falante da língua portuguesa. São ao mesmo tempo imprecisas e claras, tanto quanto as alturas dos tonemas no plano da expressão.

As figuras que propusemos anteriormente apresentam os esquemas de ascendência e descendência acentual, que vigoram nos dois planos da linguagem, sob uma perspectiva cíclica e implicativa. Contemplam, sobretudo, as evoluções desaceleradas, normalmente regidas pelo conceito de *espera*. No universo entoativo, é o caso dos tonemas que se elevam ou declinam gradualmente até atingir o ápice ou o definhamento acentual, num processo que se dá naturalmente na enunciação dos falantes. No universo da apreciação do conteúdo, é o caso dos incrementos, cuja combinatória, na direção ascendente, descreve didaticamente a rejeição da extenuação, da vacuidade ou, simplesmente, do menos (*menos menos*) e introduz o aumento do mais (*mais mais*). Um exemplo clássico na semiótica é o próprio percurso narrativo que prevê a negação do sentimento de falta pelo sujeito e, em seguida, o aumento de sua competência modal e posicional na busca do objeto faltante[6]. Cada nova etapa

6. Ver o conceito de "progresso narrativo" em Algirdas Julien Greimas e Joseph Courtés, *Dicionário de Semiótica*, p. 334.

conquistada pelo sujeito pressupõe, no fundo, uma apreciação (conhecida como sanção no modelo greimasiano) que ratifique o seu progresso narrativo rumo ao acento principal (sujeito em conjunção com o objeto). Há sempre, portanto, um destinador (nesse caso, julgador) transcendente[7] estimando o valor e os graus de tais conquistas à luz de critérios comunitários e por meio do que vimos chamando de prosódia fundamental.

O viés cíclico das figuras oferece-nos um quadro de referência para compreendermos as etapas de modulação que levam ao acento ou ao inacento. Mas é claro que nem sempre verificamos uma trajetória de natureza implicativa entre as etapas expostas nos esquemas. O salto de etapas é comum tanto nas elevações e descensos sonoros quanto nos aumentos e diminuições de tonicidade atribuídos aos valores do plano do conteúdo. Para Zilberberg, esse salto decorre de um processo de aceleração que se caracteriza por omitir um ou mais estágios da evolução acentual (ou inacentual), atingindo rapidamente o máximo (ou o mínimo) envolvimento afetivo.

No plano da expressão, em vez de passarmos pelas terminações da semianticadência e da anticadência, por exemplo, podemos iniciar nossa fala com uma exclamação explicitamente emotiva, num registro vocal bem agudo, sem qualquer sequência gradativa prévia. Do mesmo modo, no plano do conteúdo, é frequente que uma reportagem jornalística já traga em seu primeiro parágrafo o relato de um acontecimento inesperado para que o impacto da informação aumente o interesse do leitor em relação ao restante do texto, normalmente mais explicativo e desacelerado. Nesse caso, não há progressão anterior ao acento. Este já entra de chofre, mobilizando os sentimentos e a curiosidade do destinatário.

7. Matéria do capítulo 7, pp. 189 e ss.

Claro que os estágios suprimidos permanecem pressupostos, caso contrário não seria possível captarmos o salto das etapas nem, por consequência, a alta velocidade emocional da mensagem. Tais avanços repentinos são ativados pelo conceito de *surpresa* e seguem uma lógica concessiva: embora existam etapas sequenciais analíticas (e implicativas) na construção do acento, é comum que desapareçam em sua manifestação sintética. Mas a compreensão do pensamento concessivo sempre depende da preexistência do pensamento implicativo. Estamos sempre expostos à surpresa porque vivemos num mundo organizado pela espera.

Prosódia Vocal

Todo estudioso da prosódia reconhece a sua presença destacada no campo da fala e da canção. Segundo Christophe Hardy, "ela cuida para que a distribuição das sílabas do texto esteja de acordo com os acentos e as durações da melodia"[8]. No caso da fala, todo indivíduo faz isso naturalmente, mas, no caso da canção, a prosódia vai muito além dessa simples adequação silábica.

Para uma prosódia vocal, vemos com interesse não somente as semelhanças, mas também as oposições sonoras entre fala e canção. Ambas unem melodia e letra, mas uma é linguagem utilitária, enquanto a outra se comporta como linguagem artística. Paul Valéry explica suas funções e objetivos antagônicos em conferência célebre intitulada "Poesia e Pensamento Abstrato". Embora não se referisse à canção (só mais tarde reconhecida como atividade

8. "Elle veille à ce que la distribution des syllabes du texte soit en accord avec les accents et les durées de la *mélodie*" (Christophe Hardy, *Les mots de la musique*, Paris, Éditions Belin, 2007, p. 481).

artística) e sim à poesia, suas observações parecem até mais adequadas ao canto. Para o poeta francês, o pensamento abstrato é exatamente o que se transmite pela linguagem utilitária e o que fica na memória depois de nossas conversas cotidianas. Ou, mais simplesmente, é o que resta em nós do discurso em prosa. Caso tenhamos compreendido a mensagem que nos foi comunicada, não há necessidade (em geral, nem interesse) de recuperarmos o som das frases nem das palavras proferidas pelo enunciador. O descarte da sonoridade (ou da "forma", como se dizia à época) é sinal de que a comunicação abstrata foi bem-sucedida. Nesse caso, diz Valéry, a forma "desfaz-se na clareza" das mensagens[9]. Já a poesia (ou a canção) precisa ser conservada e retomada em todos os seus parâmetros de construção para ser reconhecida como tal. Não pode ser substituída por um conceito abstrato nem por outras palavras que tenham o intuito de parafraseá-la. O seu destino é "vir a ser indefinidamente o que acabou de ser"[10]. O que existe de pensamento abstrato na poesia (ou na canção) é justamente a sua substância de conteúdo ambígua e eternamente mutável. A forma (sonoridade fonética e musical, disposição dos versos, das palavras, das figuras de linguagem etc.) deverá sempre renascer com todas as suas expressões originais a cada nova comunicação[11].

Oralização e Musicalização

Não existe canção apenas musical. Composto necessariamente por melodia e letra, o canto sempre traz alguém dizendo alguma

9. Paul Valéry, *Variedades*, São Paulo, Iluminuras, 1991, p. 209.
10. *Idem*, p. 213.
11. Ainda retomaremos esta dualidade valeriana no próximo capítulo, p. 159.

coisa aqui e agora. O modo de dizer está impregnado nas curvas melódicas e o que é dito depende da letra. Há uma relação de compatibilidade entre ambos que veremos adiante. Por enquanto, vamos nos ater aos efeitos provocados pela oralização e a musicalização na relação entre melodia e letra.

Para cumprir sua função utilitária, o canto se vale da oralização. Cria entoações plausíveis para conduzir a letra, ou seja, contornos que possam ser reconhecidos por qualquer falante da cultura local. Isso não significa "imitar" o que acontece na fala espontânea, mas sim criar inflexões originais que convençam os seus ouvintes a aceitar o conteúdo definido na letra. Todo compositor escolhe contornos melódicos que, além do acabamento musical, apresentem direções entoativas compatíveis com o modo de dizer na sua língua natural: finalizações asseverativas, hesitações suspensivas, elevações interrogativas ou, simplesmente, emocionais, recorrências enumerativas, saltos repentinos ao agudo ou ao grave, a depender da expressão passional em jogo etc. Por mais que esse autor se dedique ao tratamento harmônico e rítmico da melodia, suas intenções de sentido se expressam por curvas de natureza entoativa, muitas vezes camufladas pelas soluções musicais. E tanto faz se a melodia foi composta antes ou depois da letra. Ela sempre terá essa função de "dizer" as palavras, o que a semiótica poderia definir como um tipo de figurativização enunciativa.

Mas a força da oralização na composição pode ser muito maior quando, em vez das melodias estáveis, cujos acentos e durações servem de medidas padrões para a escolha das palavras e dos versos, os compositores preferem fazer melodias flexíveis que se adaptem aos acentos silábicos das frases linguísticas cotidianas. No fundo, é esse o comportamento das entoações que conduzem os nossos discursos coloquiais. Jamais precisamos reduzir ou ampliar nossas frases diárias para fazê-las caber em segmentos melódicos previamente estabelecidos. São as entoações que aumentam ou diminuem suas extensões para acompanhar tudo o que temos a dizer. Quando esses recursos, tão típicos da língua falada, surgem com expressividade no canto podemos considerar que tais funções utilitárias estão participando ativamente das funções artísticas próprias da canção[12]. Em outras palavras, a estabilidade sonora trazida pela musicalização é sempre atenuada, quando não minimizada, pela instabilidade característica da oralização.

Mas já houve tempo em que essa instabilidade sonora ocasionava o desaparecimento ou, se preferirmos, o esquecimento do repertório criado por artistas espontâneos que sabiam compor e cantar suas canções, mas não tinham como registrá-las nem mesmo na memória. Os nomes desses autores de brincadeiras musicais de rua só começaram a despontar no Brasil a partir da chegada dos aparelhos de gravação, no início do século XX. Antes disso, quando conquistavam alguma notoriedade, era pela criação de refrãos bem-sucedidos que sobreviviam exclusivamente na memória popular. Uma das funções dessas sequências repetitivas era justamente a de garantir a reprodução persistente do núcleo de uma determinada composição, tendo em vista que suas eventuais estrofes complementares seriam fatalmente esquecidas ao longo do tempo. Na verdade, todas as melodias e letras surgiam diretamente da maneira de falar de seus autores (às vezes, amparadas por um motivo rítmico ou mesmo um encadeamento harmônico rudimentar), o que significa que essas obras teriam, em princípio, o mesmo tempo de vida de nossas frases do dia a dia. Ou seja, desapareceriam depois de sua ação utilitária. De fato, as estrofes e

12. Ouvir "Ouro de Tolo", de Raul Seixas.

suas melodias se perdiam ao final das brincadeiras noturnas, mas, graças a seus indefectíveis refrãos, algo da criação permanecia na cabeça dos frequentadores das festas.

Quando a gravação em fonogramas se tornou realidade no país, em meado dos anos 1920, e as recém-chegadas emissoras de rádio começaram a difundir em seus auditórios as canções bem-acabadas dos autores de serestas, sambas e marchas carnavalescas, todas as obras em circulação passaram a ter no mínimo duas partes e a memorização deixou de ser um problema para os artistas e seu público. Isso não quer dizer que a instabilidade das curvas entoativas desaparecesse do processo de composição das canções. Ao contrário, ela se tornou um componente imprescindível da nascente forma cancional, justamente por sua oposição à estabilidade assegurada pela musicalização. É pela força expressiva e maleável da oralização que a linguagem da canção evolui de maneira incessante.

Em geral, a composição de canção no Brasil inicia-se pela melodia do canto, com o auxílio de um instrumento harmônico (violão ou piano). Nesse estágio, temos as frases musicais que não deixam de ser também modos de dizer em estado puro. Cabe ao letrista (que pode ser o próprio melodista), artífice natural dos recortes linguísticos de tais contornos melódicos, criar as frases entoativas que muitas vezes, mas nem sempre, coincidem com as frases musicais. Teremos, então, uma canção completa, com frases ao mesmo tempo musicais e entoativas. Todas podem ser apenas tocadas por um instrumento-solo (sem a letra), mas só se configuram em sua plenitude quando suas unidades melódicas se tornam simultaneamente unidades entoativas – delimitadas pelas palavras e pelas frases da língua – destinadas ao canto. Não podemos falar de musicalização, no sentido de estabilização sonora, sem considerarmos a oralização, com suas oscilações flexíveis seguindo a elasticidade própria da letra. Ambas participam ativamente de toda e qualquer canção.

Talvez seja esta a grande diferença – em meio a tantas semelhanças – entre canção erudita e canção popular midiática. A primeira quase não deixa espaço para a "imprecisão" entoativa, enquanto a última se serve da instabilidade sonora da fala para inventar novas soluções melódicas atreladas a inesperados recortes linguísticos. Numerosos recursos, hoje bastante conhecidos e assimilados como evolução rítmica na história da canção (o uso de síncopas, os avanços ou atrasos do tempo forte e o *swing* de modo geral), surgiram em larga medida da necessidade de "dizer" a letra, seja no momento da sua criação, seja na fase da sua interpretação vocal. No caso da canção erudita, o que costuma prevalecer é a coesão interna da proposta musical. A letra, como sempre, responde pela circunscrição da área de conteúdo do canto e seus acentos e durações do plano da expressão não devem concorrer com os que já estão previstos na linha musical. Não é raro que esta linha só sirva para "dizer" a própria música e que a letra permaneça em apenso à melodia, sem integrar-se a ela. No caso da canção midiática, a entoação subjacente assegura um sentido homogêneo à prosódia vocal, para que, no decorrer do canto, possam surgir diversas formas de entrosamento das frases linguísticas com suas curvas melódicas. É o que veremos a seguir.

Tematização e Passionalização

Podemos falar de compatibilidade entre melodia e letra quando esses principais componentes da canção são avaliados teoricamente pelos mesmos conceitos. Como dissemos anteriormente, a prosódia vocal vai bem além das adaptações sonoras das sílabas com as notas musicais. O grau de celeridade, que aumenta ou diminui o andamento de base da canção, responde em geral por dois outros conceitos centrais do seu plano analítico: a identidade e a alteridade.

Um dos principais efeitos da aceleração no plano da expressão cancional é o enfraquecimento das notas individuais em favor das notas em grupo, as que formam temas imediatamente identificados pelo processo de recorrência. Pode ser um grupo de duas ou mais notas, contanto que suas alturas e durações se reproduzam nos grupos subsequentes e, assim, definam temas melódicos associados entre si por identidade. Esse é o princípio da tematização melódica que, em geral, se compatibiliza com um processo isotópico semelhante no campo das palavras. Com efeito, algum tipo de exaltação de grandezas ou de valores costuma ecoar a tematização sonora no plano do conteúdo. A recorrência de atributos, atitudes ou desejos é sempre um modo de enaltecimento dos personagens, objetos ou mesmo lugares delineados na letra. Do ponto de vista narrativo, o que temos é o reconhecimento exultante da conjunção do sujeito com seus objetos ou com outro sujeito e nessa conjunção está implicado novamente o princípio de identidade, agora entre actantes e entre ações. Do ponto de vista figurativo, é comum encontrarmos na canção exaltações do samba, da baiana, da morena, da terra natal, da natureza etc., quase sempre conduzidas por temas melódicos recorrentes. Tanto as exaltações quanto os temas asseguram uma espécie de continuidade isotópica para ambos os componentes da linguagem cancional, o que nos permite falar em compatibilidade entre melodia e letra ou, até mesmo, em isomorfismo conceitual para se avaliar o som e o sentido gerado por essas pequenas obras.

Esse padrão básico de relações entre melodia e letra nas canções aceleradas, caracterizado genericamente como tematização, pode se configurar na recorrência de breves fragmentos melódicos no interior de uma das partes da canção, mas pode também – e é mais frequente – se manifestar em repetições de segmentos mais amplos de uma determinada obra. É o que conhecemos como refrão. Ambas as noções (tematização e refrão), em suas diferentes dimensões, desempenham papéis semelhantes de reforço às exaltações formuladas na letra e, em última instância, contribuem para atenuar a velocidade anunciada no componente melódico, na medida em que tais recorrências são aliadas incontestes da nossa memória[13].

Embora se caracterizem por essa forma de compatibilidade entre recorrências motívicas e exaltações, as canções temáticas não se pautam apenas pela identidade dos seus temas internos. Elas invariavelmente apresentam também desdobramentos que diversificam e, ao mesmo tempo, complementam o processo reiterativo. Em outras palavras, a identidade dos temas se consolida em contraste com a alteridade provocada por pequenas mudanças de rumo ao longo da trajetória melódica ou, de maneira mais geral, pela passagem de uma parte a outra na mesma canção. O caso mais comum é o que prevê a conhecida oposição entre refrão e segunda parte. É esta alteridade, enfim, que também abre espaço para desdobramentos de conteúdo no componente linguístico.

Quando o andamento desacelerado prevalece, as notas ganham maior individualidade em consequência da expansão de suas durações. A tendência é que os temas melódicos se diluam em favor de trajetórias mais amplas que chegam a ocupar inteiramente o campo de tessitura, dando ênfase ao percurso global do canto e menos importância à recorrência de seus motivos. Portanto, temos

13. Ouvir "Morena de Angola", de Chico Buarque. Observar que a insistência no refrão e na tematização melódica integra-se plenamente à exaltação da personagem na letra.

o predomínio da direção melódica em toda a sua extensão e, desta vez, a pouca relevância da identidade que conjuga os breves temas melódicos (os quais, neste caso, mal se formam). A linha do canto costuma produzir amplos intervalos musicais e, muitas vezes, uma significativa transposição de registro entre primeira e segunda parte[14]. Quando isso ocorre, o andamento vagaroso sofre ligeiras descontinuidades, como se tivesse que conviver com alguns sinais de apressamento do percurso. De todo modo, esses saltos intervalares e essas transposições são quase sempre compensados na mesma canção com movimentos graduais entre notas (aquelas que perfazem a sequência de uma escala) ou entre frases melódicas que se elevam ou decaem progressivamente como se criassem um padrão regular para confirmar a nossa espera. Nesse sentido, a gradação é sempre um fenômeno de desaceleração que, como tal, dialetiza com as rupturas da linha melódica comentadas acima. Voltaremos a isso.

O predomínio do percurso melódico sobre a recorrência temática nesse contexto alentecido faz desaparecer a identidade imediata dos motivos musicais, aumentando a distância entre os seus segmentos internos. Nesse distanciamento está a alteridade, caracterizada como a busca do outro. No fundo, as melodias de canção almejam um encontro consigo mesmas durante sua breve duração, em torno de quatro minutos. Esse encontro, quase instantâneo nas obras temáticas, é constantemente prorrogado no caso das melodias lentas e não é raro que só se efetive na repetição integral ou parcial do canto. Esse tempo mais longo de desencontro é suficiente para sugerir letras que versem sobre o estado passional do enunciador (compositor, intérprete, personagem, não importa), que do ponto de vista narrativo se mostra como um sujeito

14. Ouvir "Travessia", de Milton Nascimento e Fernando Brant.

distante do seu objeto de desejo. Mais precisamente, no plano do conteúdo, o sujeito sofre com a separação do objeto (em geral, outro sujeito) na dimensão espacial, embora mantenha com ele um inegável vínculo na dimensão temporal, o que gera sentimentos como saudade (em relação ao passado) ou esperança (em relação ao futuro). Tudo isso está em jogo quando observamos empiricamente que as canções lentas são propícias para os assuntos amorosos. A nostalgia ou a busca do ser amado se manifestam tanto na letra como nos percursos da melodia. Dizemos então que, nesse caso, a compatibilidade entre os componentes é de ordem passional.

Apreciação do Conteúdo

A leitura atenta da obra de Zilberberg nos leva a constatar a existência de um projeto nem sempre explícito de incorporação da intensidade subjetiva no centro da teoria semiótica. Ao mencionar em diversas passagens a necessidade de uma prosodização do conteúdo, o autor evidencia a sua aposta na descrição desse plano a partir das tensões naturalmente mobilizadas no plano da expressão. Daí o seu interesse especial pela noção de acento comentado anteriormente. Daí, também, a influência da silabação e da entoação nos fundamentos da semiótica tensiva.

Esse ritmo crescente e decrescente, oriundo dos conceitos saussurianos de implosão e explosão, bem como das inflexões melódicas definidas como prótase e apódose, está na base da construção de uma prosódia fundamental que, a nosso ver, pode orientar as propostas de análise semiótica das práticas verbais ou não verbais atuantes em nosso ambiente cultural. As combinatórias dos incrementos *mais* e *menos* permitem converter as noções de acento e inacento em quantificações subjetivas que revelam uma característica crucial do sentido, já destacado em 1954 por Louis Hjelmslev: a substância do conteúdo depende sempre da "apreciação coletiva"[15]. Hoje podemos dizer que tal apreciação é afetivamente mensurada pelo indivíduo, levando em conta sua formação social, suas crenças e suas opiniões compartilhadas com a comunidade. Os conteúdos que apresentam certo grau de relevância para o sujeito já ingressam no espaço semiótico (ou tensivo, como diria Zilberberg) ocupando um lugar hierárquico decorrente de avaliação prévia.

Em suma, parece-nos altamente significativo que as medidas que geraram a prosódia fundamental (Figuras 1 e 2, pp. 108 e 111), responsável pela apreciação acentual do sentido, tenham como modelo de inspiração a prosódia vocal inerente à língua falada e à canção. Poucas vezes um objeto de análise teve o poder de alimentar diretamente os princípios metodológicos que sustentam a teoria. A contrapartida desse processo, por sua vez, é algo mais esperado. A aplicação da prosódia fundamental, com seus aumentos e diminuições, na prosódia vocal, especialmente na sua dimensão estética, a canção, permite que possamos reconhecer a oscilação das prevalências dos conceitos de *musicalização, oralização, tematização e passionalização*, não apenas na diferenciação classificatória das obras descritas, mas também no interior de cada uma delas.

Estabilização da Melodia

Já comentamos o fato de a musicalização exercer a função precípua de estabilizar a sonoridade da canção, retirando-a da zona volátil em que entoações elásticas se moldam às necessidades das frases

15. Louis Hjelmslev, *Ensaios Linguísticos*, p. 65.

linguísticas. Essas entoações, na qualidade de direções prosódicas, estão e estarão sempre presentes na condução das letras, uma vez que todo canto bem-sucedido configura-se também como um modo de dizer. Mas é comum que a musicalização defina com mais rigor a altura das notas e até mesmo regularize suas durações no interior das frases melódicas, criando métricas similares às de alguns gêneros de poema. Faz parte dessa prática, igualmente, a maior elaboração harmônica no acompanhamento do canto, incluindo certo esmero para que o arranjo e as passagens instrumentais se tornem partes integrantes da composição. Na esfera internacional, diversas canções dos Beatles se notabilizaram com esse tipo de tratamento musical. No repertório brasileiro, Tom Jobim – um dos nossos raríssimos compositores de canção com formação musical[16] – sempre buscou incorporar soluções de arranjo instrumental na estrutura básica de suas composições.

À luz da prosódia fundamental, podemos admitir a existência concreta de uma determinada canção a partir de um mínimo de musicalização. Nossas frases cotidianas, portadoras de melodia e letra, podem ser consideradas como matéria-prima para a composição de canções, mas se não passarem por algum tratamento musical que estabilize sua sonoridade serão descartadas assim que o conteúdo de suas mensagens for transmitido (como acontece com qualquer linguagem utilitária). Claro que já teremos aqui uma prosódia vocal em funcionamento, mas sem qualquer intenção artística. Se o projeto final é chegar a uma canção, a prosódia fundamental nos alerta que a ausência da musicalização instaura

16. Convém lembrar que o fato de ser músico pode definir algumas opções estilísticas na criação de canções, mas nem sempre representa melhores condições de trabalho com a linguagem da canção. Tom Jobim virou um excelente "cancionista" porque se exercitou compulsivamente nessa atividade e não por ser músico.

um *somente menos*, o que chama a atenção para a necessidade do seu restabelecimento. A simples repetição incessante de uma frase oral cotidiana, tentando manter o seu perfil melódico, seus acentos silábicos e suas palavras, já significa ingressar num estágio de *menos menos* musicalização, isto é, de menos ausência dos recursos musicais. Caso haja também um acompanhamento percussivo, marcando o retorno do tempo forte, essa fase se mostra reforçada. A entrada de uma base harmônica para definir acusticamente a direção da linha do canto inaugura uma fase positiva de recrudescimento musical (*mais mais*), que, por seu turno, aparece muitas vezes desdobrada em outra etapa de preenchimento sonoro, com novos instrumentos e com tudo que denominamos arranjo musical. Atingimos, assim, a plenitude musical de uma canção (*somente mais*), com todos os requisitos para, ao menos teoricamente, se perpetuar como obra artística.

Tal plenitude musical diz respeito à estabilização sonora da melodia, mas sempre levando em conta a sua relação com a letra. Pode-se dizer que a musicalização nesse caso se estende ao plano da expressão das frases e palavras da língua, estimulando o uso de rimas, assonâncias e aliterações, contanto que controlado pelos acentos e durações já definidos pela melodia. Não é infrequente também que a plenitude musical especialmente enfatizada reduza o teor da letra, evitando mensagens veementes ou mesmo a violência dos sentimentos. O exemplo brasileiro mais eloquente está no movimento que ficou conhecido mundialmente como bossa nova. Com raízes nitidamente fincadas no samba nacional dos anos 1930 e 1940, mas sob forte influência de correntes do *jazz* difundidas pelos discos e pelos filmes norte-americanos da época, as canções da bossa nova cultivavam um estilo de harmonização bastante requintado para sustentar inflexões melódicas geralmente pouco expansíveis no campo de tessitura. O ritmo de acompanhamento ao violão (seu instrumento mais frequente) era sincopado e, ao mesmo tempo, constante e delicado na sua relação com o canto. Essas características foram se aprimorando, especialmente nas execuções de João Gilberto, seu principal intérprete, a ponto de surgirem critérios para a criação de letras que valorizassem o trabalho de musicalização empreendido pelos compositores, arranjadores e cantores. Evidentemente, não eram critérios normativos, mas sugeriam que as letras fossem amorosas, mas nunca dramáticas; alegres, mas não eufóricas; e até tristes, mas sem dramatização. Para dar essas instruções de maneira lírica e sintética, João Gilberto (ou sua produção executiva) escolheu um verso de "Meditação", canção de Tom Jobim e Newton Mendonça, como título do seu álbum de 1960: *O Amor, o Sorriso e a Flor*.

A adoção da leveza no conteúdo da letra tinha a função de destacar o tratamento conferido à sonoridade tanto melódica como fonética. O grande cantor ainda compôs duas canções, "Bim Bom" e "Hó-Bá-Lá-Lá", mostrando que era possível substituir os conteúdos linguísticos por simples onomatopeias (e algumas frases conexas), suficientes para justificar o canto[17]. Era como se atingisse o ápice da musicalização (*somente mais*), abrindo mão de qualquer aprofundamento verbal, mas, para todos os efeitos, conservando a letra como parte indispensável da linguagem da canção. A partir de então, diversos letristas do movimento se mostraram atraídos por esse espírito comedido e passaram a criar seus versos quase que num registro infantil: "Lobo Bobo", "O Barquinho", "O Pato", "O Trenzinho" etc.

17. João Gilberto era essencialmente intérprete de canções. Os títulos mencionados são exemplos de seu escasso repertório como compositor.

Interessante notar, porém, que havia um limite. A musicalização podia se tornar "excessiva" a ponto de afetar a integridade da linguagem cancional. Pode-se dizer que isso aconteceu em algumas experiências de eliminação total da letra (ou do seu conteúdo), substituído-a por vocalises ou mesmo por vozes imitando instrumentos. Essas performances não eram estranhas ao mundo do *jazz*, mas jamais surtiram o efeito desejado no contexto brasileiro. Ou seja, se a harmonia do gênero norte-americano foi acolhida no país como enriquecimento musical para o novo estilo de canção, a supressão do componente linguístico representou uma espécie de musicalização despropositada. Realmente, de acordo com a prosódia fundamental, o estágio *somente mais* pode, como vimos, indicar plenitude, mas também, em algumas ocasiões, saturação. O primeiro caso, pela estabilidade alcançada, é compatível com desfechos bem-sucedidos. O segundo, por ser um *mais em demasia*, clama por atenuação (*menos mais*). A bossa nova se aproximou de certa musicalização excessiva, mas atenuou o seu gesto ao se reconciliar com a letra, desde que esta fosse "leve" no som e no sentido[18].

Estabilização da Letra

Ao lado da musicalização, responsável maior por sua estabilidade melódica, toda canção convive com a força da oralização que,

18. Estamos utilizando as medidas da prosódia fundamental para comentar de maneira geral a produção de canções no período da bossa nova. Trata-se, portanto, de uma avaliação *a posteriori*. Do ponto de vista estético, todas as experiências de composição são válidas e bem-vindas nem que se restrinjam a amostras únicas da proposta lançada. Do ponto de vista da linguagem (cancional, no caso), porém, o que importa são as criações que apresentam especial fecundidade no sentido de influenciar inúmeras outras obras. São os autores dessas criações que costumam dosar com certo comedimento os ingredientes investidos na relação entre melodia e letra.

muitas vezes, chega a desestabilizar suas curvas entoativas em proveito da clareza do conteúdo de suas letras. Ambas as práticas causam uma tensão constante no canto dos intérpretes. Uns tentam amenizar a presença reguladora da musicalização, optando por dizer a letra com toda a nitidez possível (Martinho da Vila, Raul Seixas, Cazuza), enquanto outros não se importam em quase camuflar a influência da oralização, preferindo a precisão das frases musicais à clareza linguística (Milton Nascimento, Nana Caymmi, Tom Jobim). No Brasil, já tivemos um subgênero, o samba de breque, que alternava explicitamente o canto musical e o canto falado na mesma canção. De todo modo, o intérprete pode não ter consciência de que as duas práticas estão presentes no seu canto, mas o êxito da sua performance depende em grande parte da boa combinação entre elas.

Uma coisa, porém, é assumirmos a oralização como grau zero da criação de canções, ou seja, como ponto de partida para sugerir direções melódicas às composições. Outra, bem diferente, é tê-la como ponto culminante de uma proposta estética. Esse tipo de canção só se definiu plenamente com o advento do *rap* no cenário norte-americano e, na sequência, em várias regiões do planeta incluindo o Brasil. A densidade de informações, reivindicações e denúncias contidas nesse gênero faz com que o componente melódico tenha como modelo de eficácia as curvas entoativas da linguagem utilitária. A instabilidade própria dessas inflexões garante a maleabilidade suficiente para conduzir toda a gama possível de manifestações linguísticas (frases, palavras, interjeições etc.), independentemente do número de sílabas implicado.

A oralização, no *rap*, é uma prática que também depende de estabilização sonora, mas não em especial do componente melódico. O trabalho incide sobre a face linguística da canção. O projeto final do canto é "dizer" a letra com toda clareza, mas sem desprezar, como ocorre em nossas falas cotidianas, as rimas, as aliterações e as recorrências internas que fixam a substância de expressão da linguagem. Além desses recursos, muito utilizados no mundo dos poemas, o *rap* incorpora a percussão contundente e alguns ostinatos instrumentais como partes integrantes da composição. Tudo isso compensa a instabilidade melódica e a consequente indefinição harmônica que fizeram do *rap* um gênero controvertido no âmbito da canção[19]. Mas é importante assinalar que o fato de ter garantida a sua estabilidade sonora no plano da expressão da língua em nada diminui o papel de suas entoações (voláteis para se adaptarem aos acentos silábicos) como autêntico componente melódico.

Assim como na bossa nova ou nas canções tradicionais, a criação de canções no mundo *rap* também precisa se afastar da interinidade da fala cotidiana e encontrar uma solução duradoura para as suas frases e os seus dizeres finais. Mesmo que o resultado da obra faça alusão a "alguém falando", não se trata mais do discurso oral puro, cuja sonoridade tende a se desfazer na clareza das mensagens transmitidas, como dizia Valéry. As "falas" do *rap* também são fixadas por recursos musicais, mas quase todos, como já dissemos, centralizados no plano da expressão da linguagem verbal. A recorrência obstinada de palavras, vogais e consoantes assegura a estabilização e a longevidade dos versos, enquanto a discreta participação melódica, a reboque das saliências e formas

19. Há músicos que não aceitam o *rap* entre os gêneros da canção por não apresentar as características tradicionais da melodia e da harmonia. Não reconhecem que as entoações da nossa fala são melodias que podem ser menos ou mais estabilizadas do ponto de vista musical. E que as canções só dependem da melodia, da letra e do canto para serem o que são. O arranjo instrumental e a própria harmonia são contribuições desejáveis, mas não imprescindíveis para a linguagem cancional.

angulosas da letra, produz o efeito coloquial que os intérpretes querem imprimir às suas performances. Desse efeito decorre também a atenção dirigida ao conteúdo da letra, pois o que temos, afinal, é uma simulação da fala cotidiana, dessa vez no interior da canção. É o que chamamos de oralização estética.

É nesse aspecto que surge a oposição quase didática entre bossa nova e *rap*. A musicalização do gênero brasileiro responde especialmente pela fixação da melodia, cujos contornos já definem os movimentos, temático ou passional, que terão influência direta na confecção da letra. Esta, por sua vez, discorre sobre assuntos leves e delicados para não subtrair a atenção concentrada no componente melódico. Ou seja, a bossa nova pede sempre uma letra atenuada. A musicalização do *rap* compreende uma base percussiva, mas a sua principal técnica de fixação do canto é pelo plano da expressão linguístico (rimas, assonâncias e aliterações). Tal centralização na letra tem o objetivo explícito de apresentar ao ouvinte um conteúdo denso, emitido com muita veemência. A melodia, sem vida própria (dificilmente alguém poderia assobiar a melodia de um *rap*), molda-se às arestas sonoras da letra e, por vezes, contribui para sublinhar uma ou outra expressão do canto. Portanto, no *rap*, é a melodia que tem o seu protagonismo atenuado.

Em resumo, a finalidade da musicalização no caso do *rap* é produzir a oralização no nível estético. É o que fazem os grandes *rappers* no Brasil e no mundo. Mas também pode haver casos de saturação (*mais* em excesso), em situações nas quais a "fala" se desprende dos recursos musicais criados pelo próprio compositor e passa a desempenhar funções utilitárias (anunciando a data do próximo evento, agradecendo ou respondendo ao público etc.), como se fosse um improviso que jamais será repetido. A depender do contexto, essa derivação é aceitável, desde que não se estenda indefinidamente. É como se a oralização artística do *rap* desembocasse, nesse além-*rap*, na sua própria matéria-prima. Nesse caso, o processo natural é o de abrandamento (*menos mais*) da oralização, já que se trata da necessidade de supressão da oralidade pura em favor da oralização construída, a que assegura a perpetuação da letra e, por conseguinte, do acesso aos conteúdos extralinguísticos.

Da Prosódia Fundamental à Prosódia Vocal

Já descrevemos a relação entre melodia e letra no caso das canções temáticas. Se as examinarmos agora pela lente da prosódia fundamental, podemos, em princípio, conceber um canto desprovido de identidades em ambos os componentes, de modo que nada se repetiria nos seus contornos entoativos nem em suas configurações do conteúdo. Esse estado de "nenhuma identidade" (*somente menos*) dificilmente se comprovaria numa canção de andamento mais rápido, caracterizada justamente pela formação de motivos. O mais provável seria encontrarmos ao menos "alguma identidade" (*menos menos*) entre esses temas melódicos, que certamente reverberaria em atributos ou atos enumerados na letra. Se for o caso de canto baseado em refrão, teríamos o aumento exponencial dessa identidade, "muita identidade" (*mais mais*), o que nos levaria ao apogeu da tematização (*somente mais*), sempre associada à exaltação de itens do conteúdo linguístico[20].

Esta é a trajetória da ascendência prosódica da tematização, sempre baseada na identidade de elementos em ambos os componentes. Entretanto, podemos observar que faz parte dessa categoria de canções uma espécie de antídoto à saturação temática.

20. Ouvir "Andar com Fé", de Gilberto Gil: a exaltação da fé.

Ainda que nesse caso o refrão seja predominante, já se prevê uma diminuição de sua hegemonia pela simples existência da segunda parte. A quebra da recorrência traz o fator alteridade, ou seja, "menos identidade" (*menos mais*) e, consequentemente, alguma mudança de rumo melódico. Tal inflexão beneficia também a letra, deixando-a livre para alternar a sua exaltação com outras frentes de sentido sem perder compatibilidade com o outro componente.

Mas a alteridade por excelência comparece nas canções passionais. Manifesta-se, na melodia, pela desaceleração do andamento e pela descontinuidade entre notas, temas ou partes da obra, isto é, por saltos intervalares que separam alturas ou segmentos melódicos mais extensos. Esses distanciamentos obrigam o canto a percorrer amplas trajetórias do campo de tessitura em busca de alguma identidade entoativa, que, muitas vezes, só será encontrada na repetição global da canção. Na letra, temos com frequência a separação entre sujeitos ou entre sujeito e objeto e a consequente descrição dos sofrimentos causados pela falta do outro ou de algo. Daí a onipresença da alteridade nessas canções: a melodia delineia um amplo percurso de oscilações verticais antes de encontrar-se consigo mesma, e a letra delineia a seu modo a distância que separa os actantes.

Desenvolvendo a mesma linha de raciocínio para essa categoria de canção, podemos imaginar uma fase hipotética (e improvável), na qual não se percebe "nenhuma alteridade" (*somente menos*), mesmo em sendo um canto de andamento vagaroso. Logo, porém, despontam alguns saltos intervalares, associados a certos estados passionais descritos na letra, anunciando descontinuidades melódicas, afastamentos actanciais e, com eles, os primeiros vestígios dos sentimentos que acusam menos ausência de alteridade: "alguma alteridade" (*menos menos*). Já se pode prever que novos saltos e transposições no campo de tessitura confirmarão a intensidade das emoções vivenciadas à medida que o citado distanciamento aumenta nos dois componentes: "muita alteridade" (*mais mais*)[21].

A plenitude passional (*somente mais*) também traz o seu antídoto interno que evita a saturação. Os grandes saltos intervalares são quase sempre atenuados (*menos mais*) no decorrer do canto por sequências de graus imediatos (ou graus conjuntos) entre as notas, como se obedecessem a uma escala musical, e por gradações entre segmentos melódicos mais extensos, em direção ascendente ou descendente[22]. As gradações de maneira geral compensam o movimento brusco dos saltos intervalares e das transposições de tessitura de partes integrais com o estabelecimento de uma regra de elevação ou de descenso, cujo principal benefício é a reinstauração da espera no interior da canção. Em outras palavras, os saltos intervalares provocam movimentos melódicos inesperados que, como tais, aceleram o andamento moroso inicialmente prenunciado. As gradações retomam a previsibilidade melódica e, nesse sentido, recuperam a desaceleração típica das canções passionais.

O fato de termos em geral prevalência de tematização ou passionalização nas obras de um determinado compositor, ou mesmo em canções específicas escolhidas para análise, não significa que o processo escolhido elimine o uso do outro nem que ambos deixem de atuar de forma misturada na maioria das canções. Há casos em que o canto é claramente temático na primeira parte e predominantemente passional na segunda (ou vice-versa)[23]. Os modelos descritivos, como sempre, são apenas pontos de partida para as análises particulares ou, se preferirmos, são balizas semióticas para dar início ao trabalho.

21. Ouvir "Oceano", de Djavan.
22. Ouvir "Eu Sei que Vou te Amar", de Tom Jobim e Vinicius de Moraes.
23. Ouvir "Garota de Ipanema", de Tom Jobim e Vinicius de Moraes.

Epílogo

Parece-nos instigante que os esquemas de apreciação do conteúdo que pautaram a prosódia fundamental formulada neste capítulo – e que está na base da semiótica tensiva de Zilberberg – tenham sido gerados a partir de traços afetivos extraídos do plano da expressão da língua oral e de sua extensão estética, a canção. Isso equivale a dizer que a prosódia vocal forneceu seus dados mais íntimos para a consolidação da prosódia fundamental e que esta, por sua vez, transformada em medidas subjetivas, pode agora ser aplicada na própria canção e, talvez com o tempo, na análise do sentido proposto nas demais linguagens verbais e não verbais. É o que, em tese, nos parece possível.

5.

A Forma do Acento e da Modulação

Dinâmica da Prosódia Fundamental

A noção de *acento* levou a semiótica para outro patamar de reflexão. Trata-se, mais uma vez, de conceito oriundo do plano da expressão da linguagem, mas desta feita a sua acepção não chega a ser novidade para os estudiosos do plano do conteúdo, como filósofos, psicanalistas e antropólogos, nem para os usuários da língua cotidiana que a identificam com as ideias de ênfase, destaque ou realce.

No entanto, o acento agora considerado é o que adquiriu um prestígio especial na teoria tensiva de Claude Zilberberg e se tornou o centro do seu projeto de "prosodização do conteúdo". É o que geralmente contracena com o conceito de *modulação* e que, acima de tudo, se harmoniza com a concepção mais vasta de apreciação (coletiva ou individual) do sentido, lançada por Louis Hjelmslev em 1954 como critério para a descrição da substância do conteúdo das línguas, numa fase ainda de protociência semiótica[1]. Zilberberg deixou suas intuições muito bem encaminhadas, abriu

1. Louis Hjelmslev, *Ensaios Linguísticos*, pp. 62-66.

diversas linhas de pesquisa e reflexão, mas não chegou a formular respostas aplicativas que dessem conta de suas excelentes indagações teóricas. Em outras palavras, delineou projetos que precisam ser devidamente desenvolvidos por seus leitores, ainda que em direções nem sempre convergentes.

Os que acompanham a evolução contínua da semiótica tensiva já estão habituados a conceber o sentido como valores que resultam da relação entre intensidade e extensidade. De acordo com a primeira categoria, podemos medir subjetivamente o grau de tonicidade e/ou velocidade que regula nossos afetos, a partir dos quais reconhecemos as grandezas concisas ou difusas presentes na extensidade. São os "estados de alma" incidindo sobre os "estados de coisas", expressões que, em 1991, já constavam do título original da obra *Semiótica das Paixões*, escrita por Algirdas Julien Greimas e Jacques Fontanille, e que, desde então, vêm sendo incorporadas à reflexão dos semioticistas. De todo modo, para nossos fins neste capítulo, preferimos nos ater a duas outras formulações dessas categorias (já comentadas aqui no terceiro capítulo), expostas por Zilberberg em seu estudo sobre a noção de "sublime", ainda que tenhamos alterado um pouco a sua ordem de apresentação:

1. "O acento é a forma exemplar da intensidade. A intensidade é a expressão analítica do sensível".
2. "A modulação é a forma exemplar da extensidade. A extensidade é a expressão analítica do inteligível"[2].

No primeiro caso, se o acento, esse ápice do sentido, responde pelo mundo sensível, a própria trajetória que conduz analiticamente

2. Claude Zilberberg, "Esquisse d'une grammaire du sublime chez Longin", p. 104.

um fato semiótico ou uma grandeza qualquer do inacento ao acento já significa em si um aumento gradativo da sua tonicidade afetiva, que tem como efeito imediato o aumento concomitante da sua "densidade de presença"[3]. A seleção de um fato entre outros, baseada na simples preferência subjetiva (pessoal ou comunitária) implica sempre uma concentração de conteúdo, orientação esta prevista pela dimensão da extensidade. Costumamos dizer que, nesse caso, temos uma correlação inversa entre ambas as dimensões, uma vez que o aumento da intensidade articula-se com a diminuição da extensidade. Parece-nos que essa visão decorre da apresentação da tensividade nos eixos cartesianos: segundo esse esquema, se o acento tônico recair sobre a maior extensidade teremos a difusão do espaço tensivo; em contrapartida, se o acento incidir sobre a menor extensidade teremos a sua concentração. Basta verificarmos, no entanto, que a tendência à concentração não significa desaparecimento progressivo da extensidade e sim, ao contrário, um aumento de sua densidade de presença em virtude justamente do relevo imposto pelo acento. Poderemos conceber assim um crescimento simultâneo da intensidade e da densidade de um conteúdo toda vez que o acento tônico provocar uma triagem no campo tensivo. Se a intensidade rege a extensidade, como nos faz crer a teoria tensiva, o acento seleciona e fortalece o conteúdo pertinente da dimensão extensiva, desencadeando aí o processo da concentração.

No segundo caso, a modulação declinante perfaz a passagem do acento ao inacento e, nessa direção, provoca a diluição, maior ou menor, da tonicidade afetiva de um fato semiótico destacado

3. Essa expressão refere-se precisamente ao resultado da concentração na dimensão da extensidade. Quanto mais acento, mais concentração e mais densidade no plano extensivo: "a concentração será máxima se uma grandeza confiscar para si própria toda a foria" (Claude Zilberberg, *La structure tensive*, p. 76).

pelo acento. Isso pode ocorrer de maneira abrupta, como uma recusa peremptória da acentuação prévia, ou de maneira gradativa, transformando o impacto emotivo em explicações racionais e, paralelamente, a densidade de presença em conteúdos rarefeitos, quando não dispersivos. Se entendermos o acento como ponto central do sentido, esta é a modulação pós-acentual. Às vezes, o seu destino é apenas o inacento, ou seja, produzir um discurso de dispersão completa do acento original, sem apresentar qualquer sinal de formação de novas tonicidades durante o seu percurso. O mais comum, porém, é que essa modulação atenue o acento afetivo, mas deixe rastros de novo envolvimento subjetivo de seu enunciador, o que coincide em geral com novas concentrações e o consequente aumento das densidades de presença ao longo da dimensão extensiva. Nesse caso, vemos brotar uma modulação pré-acentual do âmago da modulação pós-acentual sem que aquela precise atingir (embora possa fazê-lo) o estágio do inacento. Vejamos um caso concreto.

O Assomo e a Resolução

A professora Maria Hermínia Tavares, colunista da *Folha de S.Paulo*, escreveu um texto em homenagem aos trinta anos do lançamento do Plano Real, iniciativa que, como sabemos, pôs fim a décadas de inflação descontrolada a atormentar a economia e a vida cotidiana dos brasileiros. Podemos chamar a aprovação desse plano de "acontecimento", mas não inesperado. Ele surgiu na sequência de outros seis planos que tiveram os seus propósitos fragorosamente malogrados quando postos em prática em governos anteriores. Para a população, já escaldada com as experiências malsucedidas, o Plano Real representou, mais que um acontecimento, um estado de "convergência rara de fatores", estes sim, segundo a professora, responsáveis pelo seu êxito. Essa coluna se propunha a explicar às novas gerações o que havia de tão especial nesse plano para que se tornasse um divisor de águas não só na economia, mas também na história política e social do país[4].

Logo de início, sentimos o entusiasmo da enunciadora que se consubstancia no acento posto no Plano Real, seja ele um acontecimento, um projeto ou simplesmente um conceito. De todo modo, a esta altura podemos dizer que o assomo desse plano na nossa história recente transformou-se num marco de eficácia técnica respaldada por uma satisfação geral da população com a ideia de que o mal maior (a inflação) estava afastado e, finalmente, o país poderia progredir em quase todos os setores da vida pessoal e comunitária. Mesmo que a desigualdade econômico-social permanecesse, vislumbrava-se então certa esperança de melhoria das condições materiais, o que se concretizou modestamente nos anos seguintes.

A coluna homenageia um evento ocorrido há trinta anos, mas que levou algum tempo para se consolidar como projeto vitorioso. Houve dificuldades durante esse período – como enfrentar a incredulidade dos cidadãos diante de mais um plano que pretendia vencer a inflação e explicar a todos o funcionamento de uma moeda que ainda não existia, a não ser como valor abstrato (a Unidade Real de Valor) –, mas, de acordo com o texto de Hermínia Tavares, essas etapas iniciais só valorizaram o enaltecido resultado final da empreitada e, claro, o seu lugar de destaque na construção de um Brasil mais arejado e menos dependente dos vícios de sua área econômica. O acento sobre o Plano Real só se confirmou com a passagem do tempo, no entanto, faltou demonstrar a razão pela qual apenas este entre tantos planos obteve sucesso no combate à

4. Maria Hermínia Tavares, "Por Trás, uma Ideia de País", *Folha de S.Paulo*, 4 jul. 2024.

hiperinflação. É essa modulação pós-acentual, muitas vezes definida como *resolução* do acento, que constitui a base do texto da colunista.

Sempre de acordo com suas palavras, o plano contou com a experiência e audácia política de uma equipe de economistas que soube fazer a leitura exata dos erros cometidos nas propostas anteriores e que teve como líder Fernando Henrique Cardoso, ministro da Fazenda que se mostrou capaz de romper as resistências do então presidente Itamar Franco a mais um projeto de combate à inflação. Mas não era só isso. Entre os objetivos do plano, figurava a "consolidação da democracia" no país, "o resgate da dívida social a partir da retomada do crescimento sustentado" e outros compromissos sociais que vinham desde a redemocratização sem se efetivarem[5]. Programas como o PAI (Programa de Ação Imediata), a plena implantação do SUS, o Fundef (Fundo para o Desenvolvimento do Ensino Fundamental) e até os embriões do atual Bolsa Família, tudo fazia parte do vasto projeto para controlar a espiral inflacionária. Com esses e outros argumentos, a professora deixa claro que a solução técnica, monetária, proposta pela ala econômica daquele governo, era só um dos aspectos de um plano muito mais amplo que já vinha sendo concebido por algumas frentes políticas formadas a partir de 1988 e que só aguardava uma boa oportunidade para a sua implantação.

Ao longo desse inventário de propostas que respaldavam o Plano Real e garantiam a tal "convergência rara de fatores", ou, se preferirmos, ao longo da resolução do acento, emerge a frase "havia uma ideia de país por trás de tudo; uma ideia social liberal"[6], esclarecendo que não se tratava apenas de conquista no âmbito da

5. *Idem.*
6. *Idem.*

economia, mas também de um conjunto de medidas com finalidade bem mais ambiciosa. É o que confirma a frase final da coluna: "Um país renascia"[7]. A hiperinflação era o sintoma mais explícito de um Brasil marcado por atraso colossal em diversos setores, rescaldo ainda do extenso período de marasmo social, político e cultural vivido na então recente ditadura militar. O Plano Real levava em conta tudo isso.

Com essas duas últimas frases citadas, Maria Hermínia Tavares faz nascer também um novo acento que, por sua vez, cria nova densidade de presença, agora com a noção de "renascimento de um país"[8]. Isso significa que a resolução costuma diluir o impacto afetivo de um conteúdo acentuado em suas diversas argumentações, mas, em geral, essa dispersão costuma explorar de passagem outros motivos para a concentração decorrente de novos acentos. Aliás, um artigo bem escrito e bem lido em suas modulações pós-acentuais quase sempre introduz sugestões de acentos que nos permitem resumi-lo em poucas palavras e transformá-lo em modulação pré-acentual. É provável que o próprio editor da coluna em pauta, na versão impressa do jornal, tenha captado no texto o surgimento desse novo acento, dado que, em vez do título referente à efeméride apresentada (o Plano Real), lemos a frase: "Por Trás, uma Ideia de País"[9]. Portanto, se todo conteúdo acentuado pede uma resolução extensiva, é comum também que esta última traga consigo um ou mais embriões de novas acentuações e novas densidades de presença. Zilberberg já propunha, com terminologia própria, esse mesmo mecanismo cíclico do sentido: "Tudo se

7. *Idem.*
8. *Idem.*
9. *Idem.*

passa como se o impacto irrompesse às custas da difusão e assim reciprocamente, como se a multiplicação que está no princípio do difuso se convertesse em divisão para o impacto"[10].

Modulações Pré-Acentual e Pós-Acentual

Não importa que a formação de um novo acento resulte de um conjunto de argumentos lógicos, científicos, consequentes, ou, simplesmente, sensatos. Quando ele recai sobre um trecho ou uma palavra da resolução, aumentando sua densidade de presença, o que entra em cena é a relação afetiva do enunciador com o conteúdo acentuado. Ao dizer na coluna analisada que "um país renascia", a professora expõe sua escolha sensível em meio às alegações racionais lançadas no texto. No fundo, todas as explicações supõem apreciações subjetivas que, em algum momento, são tonificadas pelo enunciador gerando seus acentos.

Nesses termos, num contexto enunciativo determinado, a modulação pré-acentual será sempre uma ascendência (do inacento ao acento) do componente afetivo, ou seja, um aumento progressivo da tonicidade, combinada com o aumento da densidade de presença de um conteúdo destacado da dimensão extensiva. Isso significa que, ao fazer sua triagem sensível no âmbito da extensidade, o enunciador está enfatizando e ao mesmo tempo contraindo o seu campo de interesse, mesmo que se trate originalmente de um objeto tão amplo quanto a noção de universo. O acento sobre um dado tema só pode lhe trazer maior concentração, nunca dispersão.

Nesse mesmo esquema de enunciação, a modulação pós-acentual será sempre uma descendência (do acento ao inacento), ou

10. Claude Zilberberg, *Elementos de Semiótica Tensiva*, p. 68.

seja, uma atenuação da força expressiva de uma formulação, um acontecimento ou uma pergunta (implícita ou explícita), por meio de algum tipo de explanação discursiva que troque em miúdos o impacto afetivo despertado pelo acento. O inacento pode resultar de uma simples negação do acento e da própria modulação que costuma tratá-lo com ponderações analíticas. Prevalece, no primeiro caso, o destempero do enunciador regido pela alta velocidade de suas condutas. O mais comum, porém, é o inacento decorrente da diluição dos argumentos por excesso discursivo. Ou seja, no intuito de explicar a natureza do acento em apreço, o texto se deixa levar por uma racionalidade exacerbada e "interminável", a ponto de eliminar qualquer vestígio do afeto responsável pelo envolvimento inicial do sujeito com o seu conteúdo. A atenuação da ênfase acentual é tão lenta e meticulosa que o espaço tensivo se abre para a dispersão total, na qual prevalece a indiscernibilidade. Esses dois modelos de modulação pós-acentual, com suas variações de andamento, levam ao inacento. Diferem, portanto, da modulação pós-acentual praticada pela coluna jornalística examinada acima, uma vez que, como vimos, dela brota nova modulação pré-acentual que evita passar pela extenuação emocional típica do inacento.

Semiótica da Apreciação

O ponto de vista enunciativo instaura sempre um foco de apreciação do sentido, para cuja análise vimos sugerindo o instrumento de (im)precisão subjetiva apresentado por Zilberberg, na forma dos incrementos *mais* e *menos* e suas respectivas combinações, mas já pondo em destaque os movimentos ascendente (pré-acentual) e descendente (pós-acentual) que esquematizam as trajetórias tensivas:

Figura 1. *Medidas da apreciação*

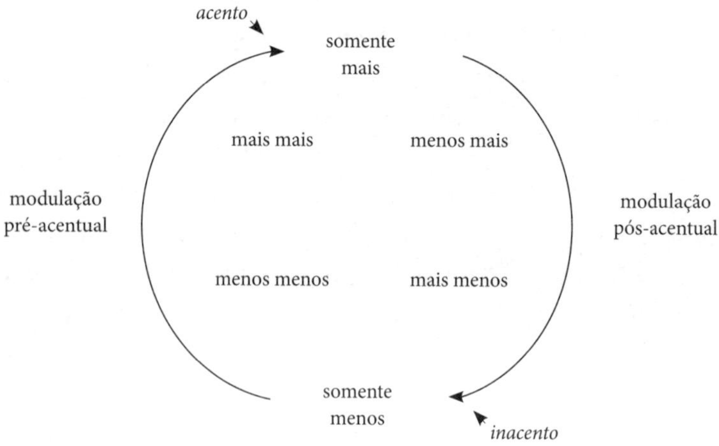

Para estabelecermos uma semiótica do *mais* e do *menos* parece-nos necessária uma retomada constante das origens do modelo que resultou na "prosodização do conteúdo" pleiteada por Zilberberg. Como já deixamos entender, esta é a base semiótica para inserirmos o processo de apreciação dos enunciadores em todas as instâncias de formação do sentido nas diferentes linguagens. Por isso, retomamos com frequência a teoria da silabação, reexplicando-a por diversos ângulos.

Ainda que propostas para o plano do conteúdo, as combinações dos incrementos (Figura 1) foram inspiradas num modelo (de silabação) concebido para a análise da progressão sonora – plano da expressão, portanto – do nosso discurso oral[11]. A produção e audição do encadeamento silábico dependem da oscilação do que Saussure chamou de *explosão*, fonemas que a partir de sons oclusi-

11. Ferdinand de Saussure, *Curso de Linguística Geral*, p. 64.

vos se abrem para a sonoridade vocálica, e *implosão*, fonemas que, depois de atingirem o grau mais aberto da sonoridade, só podem seguir em sua trajetória se reduzirem, brusca ou gradualmente, o ápice da abertura sonora. O início dessa implosão é denominado *ponto vocálico* e, para o linguista suíço, constitui o centro nevrálgico do processo de silabação. Em outras palavras, é o *acento* desse modelo miniatural[12]. As correspondências entre esses processos silábicos e os componentes da Figura 1 são flagrantes: a modulação pré-acentual perfaz a explosão enquanto a modulação pós-acentual encena a implosão, a partir do ponto vocálico (ou acento).

Os incrementos funcionam como "sílabas tensivas"[13] do conteúdo, cuja combinatória permite indicar as direções (ascendente e descendente) das modulações em relação ao núcleo acentual e ainda oferece medidas subjetivas para calcularmos o grau de afetividade envolvido em cada etapa da apreciação dos enunciadores.

Por outro lado, temos defendido que tais combinações dos incrementos decorrem também do sistema de entoações, cujos contornos garantem a expressividade do nosso discurso oral cotidiano[14]. No âmago dessas linhas sinuosas reconhecemos asseverações (leves ou categóricas), indagações, dúvidas, exclamações, pedidos, súplicas, ênfases e toda sorte de manifestações emocionais ou afetivas da fala. Pelo fato de participarem de todas as nossas frases emitidas durante a comunicação linguística, numa escala bem mais extensa que a das sílabas, as entoações são mais audíveis e analisáveis como matéria-prima da prosodização semiótica. Além disso, movimentam-se por acentos e modulações, elementos cada

12. Esmiuçamos esta questão no capítulo 2 deste volume.
13. Claude Zilberberg, *Elementos de Semiótica Tensiva*, p. 253.
14. Tratamos disso aqui mesmo, à p. 94.

vez mais apropriados para estabelecermos interface entre plano da expressão e plano do conteúdo. Por tudo isso, aprofundaremos esse aspecto descritivo pouco mais adiante.

Enunciação Tensiva

Antes, porém, vejamos alguns aspectos da enunciação tensiva a partir de dois enfoques: *1.* a constatação pura e simples dos valores decorrentes da correlação paradigmática entre intensidade e extensidade num determinado campo semântico e *2.* a apreciação afetiva desses mesmos valores num processo discursivo, em que o sujeito acentua a região de conteúdo que o afeta (ou que lhe interessa) e a insere na dinâmica modulatória prevista pelo esquema exposto acima. Ambas pressupõem um ponto de vista enunciativo, mas seguem dinâmicas diferentes.

O primeiro caso já é bastante conhecido na semiótica tensiva. Ao aderir aos valores de universo, ou seja, à expansão da extensidade, o enunciador rejeita as porções concentradas dessa dimensão juntamente com a alta tonicidade que as ocasionam. Sua tendência é quase sempre a de misturar as triagens existentes para garantir a prevalência dos elementos difusos, ainda que o conteúdo corra algum risco de se dispersar na tenuidade. O globalismo, por exemplo, apresenta sempre uma abertura enunciativa para o acolhimento das influências internacionais e para a interligação planetária do conhecimento tecnológico e cultural, apostando no cosmopolitismo do mundo atual. A consequência imediata para cada nação é o declínio acentual dos seus valores particulares em favor daqueles que, mesmo sem tanta expressão local, possam ser difundidos e compartilhados por países e culturas diversas, facilitando o intercâmbio comercial e, sobretudo, a convivência com outras visões de mundo. Por outro lado, ao aderir aos valores de absoluto, à concentração da extensidade, o enunciador focaliza o seu acento numa porção específica do conteúdo, tentando selecionar apenas o que contribui para intensificar a sua escolha. Passa, portanto, a desprezar a abrangência da mistura em nome da densidade proporcionada pela triagem dos valores[15]. Dentro do mesmo exemplo geopolítico, o nacionalismo decorre em geral de uma postura enunciativa de recusa da interação comercial, cultural ou da simples circulação dos povos com seus valores de origem. A alta tonicidade recai sobre uma região específica do planeta, exaltando suas características culturais e tradicionais, a lealdade de seus cidadãos e, por vezes, até mesmo a sua tendência ao isolacionismo.

Já o segundo caso de correlação entre intensidade e extensidade, menos frequente nas pautas semióticas, decorre do próprio funcionamento discursivo, sempre com destaque para a atuação do enunciador. A presença deste actante garante a apreciação afetiva dos conteúdos em foco. Em outras palavras, o enunciador discursa sobre o seu tema, mas nunca deixa de expressar simultaneamente certo grau de envolvimento emotivo com o assunto tratado. Isso pode ocorrer numa escala progressiva que leva ao acento ou, em sentido contrário, num movimento degressivo caracterizado pela desacentuação. Como vimos na figura acima, a combinatória dos incrementos nos ajuda a determinar o que chamamos de "precisão subjetiva", aquela que, mesmo sem respaldo numérico, pode ser aceita e compreendida por qualquer membro da comunidade linguística. Trata-se de uma prosódia fundamental aplicada ao plano

15. *Misturas de triagens* e *triagens de misturas* são operações previstas por Zilberberg (*Elementos de Semiótica Tensiva*, p. 122).

do conteúdo e mobilizada pelo sujeito da enunciação (enunciador ou enunciatário) toda vez que avalia os seus temas diários.

Já ilustramos esse último caso com a análise da coluna escrita por Maria Hermínia Tavares. O seu texto pressupõe a existência de um conteúdo (Plano Real), cujo acento foi se consolidando ao longo dos anos na comunidade brasileira, passando de projeto desacreditado (*somente menos*) a solução decisiva (*somente mais*) para combater a renitente hiperinflação. Pressupõe também que as etapas intermediárias dessa formação acentual (*menos menos* → *mais mais*) seguiram uma trajetória narrativa, típica de toda conquista gradual de um objeto, minuciosamente descrita pela modulação pré-acentual. O fato de esse acento ter sido configurado aos poucos e por partes evitou o efeito surpresa que em geral decorre da aparição brusca do objeto. Mesmo não deixando de manifestar o seu interesse afetivo pelo Plano, a enunciadora, em nenhum momento, se sente impregnada por uma emoção desmedida que pudesse prejudicar a coerência e a serenidade de suas argumentações durante a modulação pós-acentual.

Mas não é sempre assim. O assomo descontextualizado de um determinado conteúdo pode dispensar as etapas previstas pela modulação pré-acentual, constituindo-se imediatamente no âmago do acento. Temos então, além da alta *tonicidade*, uma *aceleração* extrema, subdimensões essas de natureza afetiva que saturam o campo de presença, deixando o sujeito sem condições para a elaboração mental da sua experiência. De todo modo, aqui também, o impacto afetivo só se atenua com os inevitáveis desdobramentos inteligíveis que em algum momento iniciarão o processo de modulação pós-acentual. Os modelos exemplares desse tipo de assomo são os acontecimentos inesperados ou mesmo as perguntas desconcertantes, estímulos que tornam urgente a resolução pós-acentual. Tais ocorrências no plano do conteúdo perfazem, como já vimos, o ponto vocálico (ápice da implosão) definido na silabação saussuriana, ou mesmo o apogeu da anticadência (a prótase) no esquema prosódico formulado por Navarro Tomás.

Dinâmica da Prosódia Vocal

O que nos oferece uma base concreta para a prosódia fundamental vista até agora é justamente a prosódia vocal que transcorre na linguagem oral e, de maneira mais estabilizada, na canção midiática. No primeiro caso, exercitamos essa relação entre entoação e discurso linguístico em todas as nossas conversas cotidianas e fazemos isso com tanta naturalidade que nem parece se tratar de uma operação prosódica complexa, tão complexa quanto a nossa habilidade para manejar a gramática linguística. Ambas, no entanto, são adquiridas sem nenhum esforço por todos os falantes de qualquer comunidade. No segundo caso, nossos compositores fazem uso dessa perícia natural com a língua para criar canções e, desse modo, perenizar suas inflexões entoativas em linhas melódicas devidamente fixadas por recursos musicais, e são esses contornos que, de acordo com alguns critérios, se mostram em compatibilidade com o conteúdo organizado pela letra.

Embora tenha os seus princípios assentados sobre as curvas entoativas da linguagem oral, o modelo da prosodização pode ser mais bem explicado na transcrição melódica de canções, visto que, nesse caso, em vez da volatilidade da modulação da fala, contamos com certa estabilização musical que nos permite "enxergar" didaticamente as etapas que antecedem e sucedem o acento principal do perfil melódico.

Tomemos como exemplo a conhecida marchinha carnavalesca "Pierrô Apaixonado", composta por Noel Rosa e Heitor dos Prazeres nos idos da década de 1930. Sua primeira parte perfaz a prótase e a apódose típicas da "frase enunciativa", para utilizarmos novamente um conceito de Navarro Tomás[16]. A Figura 2 (p. 153) assinala com suas flechas as direções ascendente e descendente da progressão melódica e põe em destaque as sílabas que respondem por esses movimentos. Além disso, permite-nos mostrar o paralelismo que há entre essa prosódia vocal e as modulações de conteúdo que, na Figura 1 (p. 146), se posicionam em relação ao acento (entre o [+ +] e o [somente +]) e ao inacento (entre o [+ –] e o [somente –]).

A prótase que eleva a melodia até o seu ponto culminante divide-se em dois segmentos, correspondentes aos versos:

Um Pierrô apaixonado
Que vivia só cantando

O foco do sentido está na última sílaba acentuada de ambos os segmentos: "na" e "tan". São essas as terminações que Tomás chama de "tonemas", ou seja, categorias que definem o significado das direções acentuais da curva melódica, tanto ascendente quanto descendente. Nesse caso específico, o destino melódico desses tonemas é a "anticadência" (materializada em "tan"), ponto culminante da elevação tensiva. O acento anterior ("na"), menos intenso, demarca a "semianticadência". Considerando que toda canção tem como início o nível zero (ausência de melodia vocal ou *somente menos* [–]), o acento mais tênue ("na") já esboça no mínimo um primeiro sinal da prótase, como uma espécie de restabelecimento da direção sonora (*menos menos* [– –]). O acento seguinte ("tan"), mais contundente, consolida a direção e algo como

16. Navarro Tomás, *Manual de Entonacion Española*, p. 54.

Figura 2. *Transcrição Melódica de "Pierrô Apaixonado" (refrão)**

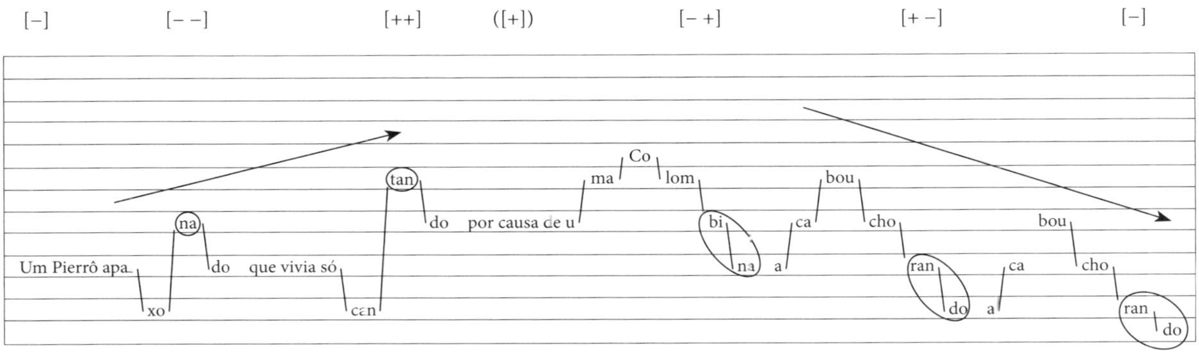

* Os treze espaços sobre as linhas horizontais deste diagrama representam o campo de tessitura utilizado por esta canção em suas duas partes. Cada espaço equivale a um semitom. Por criarem melodias na tangente das entoações coloquiais, os compositores volta e meia reproduzem o desenho básico da frase enunciativa, com sua elevação tensa seguida de declínio distenso.

um recrudescimento acentual (*mais mais* [+ +]). Claro que a tensão da prótase, nesse contexto de marchinha carnavalesca, não tem qualquer sentido dramático. Sua força tensiva se resume a um apelo de continuidade, o que não deixa de conter uma esperança afetiva.

A apódose esperada provoca o declínio melódico que, na sequência, se divide em três segmentos:

> Por causa de uma Colombina
> Acabou chorando
> Acabou chorando

Aqui os tonemas, centrados nas últimas sílabas fortes, recebem ainda o reforço do descenso das sílabas fracas finais: "bina", "rando" e "rando". As primeiras promovem a atenuação (*menos mais* [– +]) acentual e definem o segmento como "semicadência". A terminação do segundo segmento aprofunda a distensão melódica com a chamada minimização (*mais menos* [+ –]), e pode-se dizer que anuncia a "cadência" prosódica da frase enunciativa integral. A repetição do verso numa região ainda mais grave desfaz a sonoridade vocal e traz a frase para a zona do inacento, onde só existe o *menos* ([–]), a ausência do canto. A letra, por sua vez, discorre com a máxima concisão sobre a "causa" que motivou o choro do Pierrô. Mesmo mantendo o padrão lírico e poético, trata-se aqui de uma resolução típica – e lógica – do acento entoativo, presente em nossas asseverações de todos os dias.

Esses contornos melódicos da frase enunciativa, além de testemunharem a onipresença da *oralização*, de forma dominante ou recessiva, no universo cancional, explicam minuciosamente a matriz prosódica das categorias acentuais e modulatórias do plano da expressão linguística que, transformadas em incrementos, fornecem medidas subjetivas para a nossa apreciação do plano do conteúdo. Entretanto, ainda que diversas canções reproduzam melodicamente esse padrão entoativo da nossa linguagem coloquial – o que não nos surpreende, pois quase sempre as direções melódicas do canto são sugeridas pelas entoações da fala –, o modo de criar acentos na linguagem da canção não é o mesmo que encontramos na língua oral. Aliás, toda linguagem estética possui um modo próprio de enfatizar os seus conteúdos.

No caso da marchinha carnavalesca, é comum que haja predominância do que chamamos de *tematização*[17], tanto na melodia, com seus temas ou motivos recorrentes e dinamizados pela aceleração, quanto na letra, com a celebração de personagens ou quaisquer outros itens destacados em suas frases. A tematização é compatível com a grande festa do carnaval, em que a repetição veloz dos versos e das estrofes em prol da exaltação de um determinado conteúdo mantém a chama da euforia acesa. Esse processo se manifesta em recorrências de pequenos motivos melódicos (que vão surgir na segunda parte desta canção) e nos refrãos, que não deixam de ser a forma expandida da mesma recorrência. Ora, é comum que o refrão se apresente como a sequência acentuada das canções temáticas e é em virtude desse acento que ele chama a atenção sobre si e ainda suscita uma resolução, já consagrada como segunda parte. Ou seja, o trecho integralmente transcrito na Figura 2 (p. 153) é o segmento acentuado da canção "Pierrô Apaixonado", que, como tal, pede um desdobramento melódico e discursivo, cuja função precípua é estender o que é de natureza concentrada, mas também indicar como único caminho possível o que traz de volta o refrão. A Figura 3 (p. 156) apresenta a transcrição da segunda parte:

17. Já examinamos as principais categorias de análise da canção no capítulo anterior.

Figura 3. *Transcrição Melódica de "Pierrô Apaixonado" (2ª parte)**

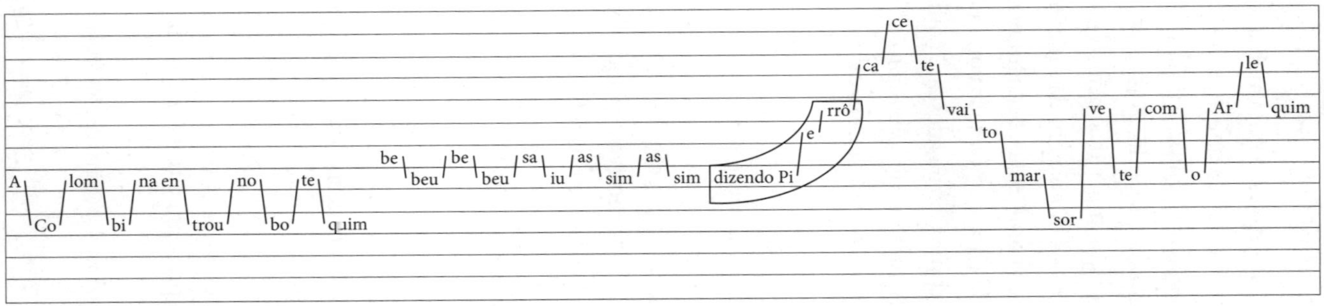

* Esta transcrição melódica ainda conduz outra estrofe nesta canção. Não vimos necessidade de citá-la aqui, uma vez que nossas observações seriam as mesmas para as ambas as partes.

O comportamento serpeante dos motivos melódicos que conduzem os versos "A Colombina entrou no botequim / Bebeu bebeu saiu assim assim" exemplifica a tematização das células mínimas que, nesse caso particular, associa-se à personagem carnavalesca, já alterada pela bebida, com o seu andar oscilante (ou cambaleante), pronta para manifestar aborrecimento e desprezo pelo insistente Pierrô, o que ocorre nos versos subsequentes: "Dizendo Pierrô cacete / Vai tomar sorvete / Com o Arlequim".

O avanço da melodia até o grau máximo da tessitura na sílaba "ce", da palavra "cacete", não esconde o teor passional (neste caso, ativo) que a personagem Colombina imprime em sua rejeição ao iludido pretendente (passional passivo). E considerando que a própria letra nos informa de que se trata de um dizer ("dizendo Pierrô"), temos então a oralização e a passionalização[18], processos recessivos nesse caso, com seus acentos característicos, atuando simultaneamente para promover a volta do refrão, este sim, o acento principal da tematização dominante. O que vem transcrito nessa Figura 3 (p. 156) é justamente a modulação pós-acentual que, em se tratando de canções predominantemente temáticas, desenvolve o material melódico e estende o universo da letra, até então circunscritos nas reiterações do canto, para outras frentes de sentido, contanto que não se afastem muito do acento original (no caso, o refrão).

Parece-nos evidente que a necessidade de operar com acentos está presente em todos os sistemas que engendram algum sentido.

18. A passionalização se manifesta com o alongamento das vogais valorizando a duração de cada tom em detrimento da formação dos temas melódicos (como no caso da tematização), o que representa uma desaceleração geral da melodia e um maior aproveitamento do seu percurso no campo da tessitura cancional. Em geral, a passionalização tende a configurar os seus acentos afetivos na região aguda do canto. A tematização e a passionalização são detalhadas no capítulo anterior.

E sentido aqui pode vir de uma base material (sonora) ou de uma construção abstrata (conceitual). No primeiro caso, temos tratado do sentido melódico e, no segundo, do sentido formulado na letra. Até certo ponto, parafraseamos Louis Hjelmslev, que previa um sentido da expressão e um sentido do conteúdo[19]. Por outro lado, o modo de criar seus acentos varia de acordo com a linguagem em foco. A modulação pós-acentual, à vista do leitor da coluna de Hermínia Tavares, contém desdobramentos e explicações que elucidam a sua noção de Plano Real, mas, paralelamente, notamos formulações que sugerem a construção de outro acento (uma ideia de país) que, eventualmente, pode gerar nova modulação pré-acentual. Notemos que o mesmo processo se repete em "Pierrô Apaixonado" quando, em sua segunda parte, surgem também desdobramentos e até explicações sobre a condição do protagonista. Encontramos ainda elementos, geralmente melódicos, que anteveem a aproximação do acento, ou seja, a volta do refrão. Exemplo disso, na Figura 3 (p. 156), é o término da segunda parte na oitava acima do tom original, criando ambiguidade entre conclusão harmônica (retorno à tônica) e continuidade entoativa (ápice da prótase) e, principalmente, o trecho melódico realçado no centro da transcrição (sobre a letra "dizendo Pierrô"), que produz um efeito de ímã ao atrair a mesma melodia espelhada no refrão (conduzindo a letra "por causa de uma Co..."). São indícios como esses que provocam no ouvinte o desejo de que venha logo o refrão ou, em termos semióticos, de que a modulação pós-acentual seja também modulação pré-acentual.

19. Louis Hjelmslev, *Prolegômenos a uma Teoria da Linguagem*, pp. 60-61.

Linguagem Utilitária e Linguagem Artística

No mundo da comunicação linguística, onde impera a função utilitária da linguagem, há pouco interesse pela preservação da sonoridade, ainda que ela seja imprescindível para veicular seus conteúdos abstratos. Tão logo estes sejam assimilados, porém, o que lhes serviu de matéria fônica, incluindo a entoação, é prontamente descartado, pois já "desempenhou sua função; provocou a compreensão; viveu"[20]. A coluna do jornal que começou enfatizando o Plano Real e explicando esse destaque em linguagem utilitária pode no decorrer de sua argumentação acentuar outros conteúdos (como a ideia de que nasce um país), mas nada leva a crer que desperte em seus leitores o desejo de reouvir a expressão "Plano Real" por mero prazer de recuperar os sentimentos emanados pelo som e pelo sentido dessas duas palavras no início da coluna, como se fosse um refrão. O acento na linguagem utilitária costuma reincidir sobre a novidade que surge na modulação pós-acentual e que merece atenção particular. Equivale ao que conhecemos como acontecimento, no universo fenomenológico.

No mundo da comunicação artística, estética, poética ou, mais especificamente, cancional, a repetição integral e simultânea do som em si e do seu sentido abstrato composto na letra é quase sempre bem-vinda e contemplada com uma espécie de acento perpétuo que se renova a cada execução da obra. Aliás, repisar exaustivamente uma canção é muitas vezes o preço que se paga para sentir de novo a força do seu refrão, essa "forma exemplar da intensidade", já citada como definição do acento. Nesses termos, na linguagem da canção, o grande acontecimento é a repetição...

20. Paul Valéry, *Variedades*, p. 209.

e a grande esperança é que ela não demore muito a reaparecer. Não é raro que se diga que a função precípua da segunda parte é preparar o retorno ao refrão. Afinal, é ele o principal responsável pela memorização espontânea que, anos a fio, assegurou a permanência das canções como expressão imediata do mundo simbólico das diferentes culturas.

Em virtude das características peculiares a cada linguagem (utilitária ou artística), o elemento acentuado pode privilegiar o inesperado ou, ao contrário, o mais que esperado. O discurso conceitual, elaborado em língua materna, elege conteúdos relevantes para iniciar sua dissertação oral ou escrita, no decorrer da qual surgem novas formulações que serão destacadas pelo próprio autor ou pelos leitores como merecedoras de novos acentos e novas modulações (pós e pré-acentual). Em outras palavras, acentua-se a formulação que, de algum modo, acusa alto potencial de modulação resolutiva. Nossa comunicação diária vive dessa dinâmica entre acento e modulação, tanto quanto nossas reflexões escritas mais depuradas, o que explica a coluna de Hermínia Tavares.

Embora contenha dentro de si o funcionamento linguístico (discurso e entoação) interagindo com leis musicais, a canção temática acentua aspectos reiterativos de sua composição que, por comodidade, reduzimos aqui ao refrão. Este último também desencadeia modulações resolutivas (2ª parte, 3ª parte...), mas delas não se espera que apresentem indícios de novos acentos, mesmo porque a canção não precisa necessariamente ir a parte alguma. Ao contrário, ela precisa poder "voltar", sob o risco de ocasionar imensa frustração a seus aficionados. A permanência de seus segmentos sonoros (melódicos e fônicos) e de sua forma integral é o que legitima a linguagem cancional como expressão artística e não apenas como modo de comunicação. O refrão é apenas o maior testemunho dessa força centrípeta da canção temática e do papel essencial da recorrência na perpetuação da criação artística.

Pode parecer estranho relacionarmos a expressão artística com o processo de repetição. Fomos habituados, especialmente a partir do século XX, a considerar que o trabalho estético, por meio da constante experimentação, sempre buscou um resultado original, distante das formas repetitivas. Mas não se trata aqui de avaliação estética com suas dicotomias habituais, como mudança/conservação, transgressão/integração etc. Para o viés semiótico, adotamos o ponto de vista de Paul Valéry, que atribui maior importância à oposição entre tendência à abstração e tendência à concretização[21]. A primeira, por focalizar os conteúdos abstratos transmitidos em língua natural, dispensa a sonoridade do plano da expressão assim que a transmissão se efetiva. Só há repetição no caso de uma comunicação malsucedida. A segunda tendência, por privilegiar o meio sensorial (auditivo ou gráfico) de ordenação e concretização da linguagem, elabora maneiras especiais que mantenham vivas a forma e a substância da expressão, às vezes até mesmo em detrimento da total intelecção do conteúdo abstrato. Nesse caso, a repetição desempenha papel de destaque na apreensão dos ouvintes ou dos leitores. Valéry tinha como exemplo fundamental a produção de poesia. Para nós, os seus parâmetros servem igualmente para a criação de canções e, no caso das que são temáticas, a repetição da sonoridade reflete nosso desejo de retomá-las indefinidamente.

21. Referimo-nos especialmente ao capítulo "Poesia e Pensamento Abstrato", em Paul Valéry, *Variedades*.

Epílogo

Duas linguagens, utilitária e artística, tão distantes em seus estilos e objetivos, não deixam de apresentar grande homogeneidade do ponto de vista tensivo. Na coluna jornalística, a escolha afetiva inicial se torna evidente a partir do primeiro acento sobre o Plano Real: "Os brasileiros mais velhos temos nossas lembranças particulares do dia em que o real começou a circular"[22]. Na canção de Noel Rosa e Heitor dos Prazeres, a mesma escolha se faz na acentuação do refrão transcrito na Figura 2 (p. 153). Aquele acento não costuma ser duradouro. Como vimos, a linguagem utilitária, uma vez compreendida, tende ao desaparecimento. Já o refrão cancional estabiliza-se cada vez mais com o passar do tempo, pois sua própria existência depende de sucessivas repetições que não deixam dúvidas em relação à necessidade do acento nessa modalidade artística. Ambas as linguagens, porém, partem de um ponto de concentração que, por sua vez, foi gerada pela modulação pré-acentual, aquela que combina tonicidade com a triagem de um "estado de coisas" ou, se preferirmos, o acento afetivo com a redução e densificação da extensidade.

Em seguida, a coluna e a composição seguem o seu curso ingressando na modulação pós-acentual. No primeiro caso, depois de chamar a atenção para um assunto que não poderia ser esquecido, o Plano Real, o acento afetivo se desfaz gradativamente nas sucessivas explicações e justificativas racionais lançadas pela jornalista. No segundo, o acento incide sobre uma história carnavalesca completa, mas deixa no ar uma questão: o que fez a Colombina para que Pierrô vivesse chorando? E, acima de tudo,

22. Maria Hermínia Tavares, "Por Trás, uma Ideia de País".

a melodia só se firmará como refrão se seus contornos tomarem outras direções que indiquem afastamento e ao mesmo tempo indícios de reaproximação do núcleo melódico original. No fundo, ambas as linguagens, cada uma a seu modo, saem em busca de suas respectivas resoluções, umas mais lógicas, outras mais emocionais, visando atenuar o efeito do acento inicial e, num segundo tempo, criando novos focos de intensidade para revelar novos acentos (no texto jornalístico) ou ainda novas preparações anunciando o retorno do segmento recorrente (na canção).

Sempre há o risco de a resolução se transformar num caminho sem volta, uma modulação sem acento, sem atração gravitacional. Nesse caso, o sentido se extingue de imediato na zona do inacento (*somente menos*) ou mesmo se dilui aos poucos na dispersão extensiva. É quando a modulação pós-acentual se desvincula do ser humano por falta de envolvimento afetivo. No fundo, é inconcebível que a "forma exemplar da extensidade", a modulação resolutiva, não mais se articule com a "forma exemplar da intensidade", o acento afetivo.

6.
Enunciação como "Estimação Subjetiva"

As Primeiras Indagações de Greimas

Em visita ao Brasil no ano de 1973, Algirdas Julien Greimas escreveu, a pedido dos professores que o convidaram, um artigo especial sobre enunciação, no qual explicitou as dificuldades epistemológicas inerentes ao tema, mas não deixou de apontar algumas direções de pesquisa no quadro da então incipiente teoria semiótica[1]. São desse texto noções como "contrato enunciativo", "enunciação enunciada" e "enunciação pressuposta" que, entre outras, foram desenvolvidas mais tarde por importantes semioticistas.

O que nos chama a atenção no artigo, porém, é um pequeno detalhe que hoje nos parece fazer mais sentido do que há cinquenta anos. Entre as marcas de tempo e espaço (agora, então, aqui, lá,

1. Trata-se do texto "L'énonciation (une posture épistémologique)", publicado no primeiro número da *Significação, Revista Brasileira de Semiótica*, pp. 9-25, ago. 1974. Os professores que sugeriram o tema para Greimas foram Edward Lopes e Ignácio Assis Silva.

alhures etc.), que se manifestam no enunciado e nos orientam sobre as circunstâncias de enunciação vividas pelo emissor, Greimas salientava a presença frequente de uma "qualificação", oriunda do próprio sujeito da enunciação, que revela uma espécie de "sistema de estimação, de avaliação", subjacente ao enunciado. No exemplo do autor, quando ouvimos dizer "esta estrada é larga", embora tenhamos a impressão de estar diante de um enunciado objetivo, nada é "largo" por si só, sem que haja um parâmetro de medição ou um termo de comparação com elementos de mesma natureza. Tal enunciado contém, portanto, um "fenômeno de estimação subjetiva", cuja eficácia depende do "contrato enunciativo" firmado entre enunciador e enunciatário (ambos representando o sujeito da enunciação) a respeito do que caracteriza a largueza de uma determinada estrada[2].

Greimas pensava provavelmente na melhor maneira de inserir a enunciação pressuposta na análise de um enunciado concreto. No entanto, ao identificar neste último uma "estimação subjetiva", trouxe à tona não apenas o cálculo oscilante da largura da estrada, mas também o vínculo desse cálculo com aspectos afetivos, reveladores da instância de enunciação. Afinal, estimação (ainda mais sendo "subjetiva") é igualmente um ato de estimar, de gostar, de ter carinho por alguém ou por algo. Logo a seguir, o semioticista estende essas considerações para a avaliação corrente que fazemos da veracidade dos enunciados. Mesmo que a expressão "é verdade que..." não seja textualmente manifestada, sua presença está subentendida em grande parte dos enunciados. Cabe então aos enunciadores, de acordo com o semioticista, fazer a "estimação do

2. *Idem*, pp. 19-20.

caráter *mais* ou *menos* verídico" do conteúdo em pauta[3]. Além dos valores cognitivos, esse processo prevê confiança entre os sujeitos envolvidos na enunciação. A subjetivação dos conteúdos surge, portanto, em forma de medida afetiva – *mais* ou *menos* intensa – em praticamente todos os casos de enunciação, mesmo naqueles que têm por meta estimar o grau de verdade contido nos fatos.

Se destacamos esses aspectos do artigo seminal de Greimas é porque eles nos conduzem a outra esfera de indagação. Ao considerar o caráter verídico de um texto sob a ótica da oscilação entre os chamados "incrementos" (*mais* e *menos*), o autor lituano já estava articulando os critérios prosódicos que hoje nos parecem fundamentais para a metodologia semiótica. Claro que isso não era intencional, mas é comum que tais textos emblemáticos deixem escapar pensamentos embrionários que só serão devidamente aproveitados anos mais tarde. Nesse caso, em vez dos semas (sememas, classemas etc.) greimasianos surgem no artigo as quantificações subjetivas elementares que darão origem aos acentos e modulações sugeridas posteriormente por Claude Zilberberg em suas principais obras dedicadas à instauração do ponto de vista tensivo na teoria semiótica.

Acento de Conteúdo

Zilberberg nunca tratou especialmente das operações enunciativas (debreagem e embreagem), muito menos da função mediadora que elas exercem ou exerceriam na passagem do sistema semiótico ao discurso manifestado. Em compensação, a presença do sujeito da enunciação (enunciador e enunciatário) no discurso, dosando

3. *Idem*, p. 20, grifos nossos.

intensidades (tonicidade e andamento) e modulando extensidades (concentração e difusão), tornou-se matéria essencial para a abordagem prosódica adotada pelo semioticista francês.

O seu dispositivo conceitual de referência é o acento de conteúdo, inspirado na ideia de "acentuación de la existencia" que, para o filósofo Ernst Cassirer[4], expressa a riqueza das formas mitológicas de vida não apenas na composição do mundo sagrado, mas também em sua expansão aos demais campos da consciência humana no interior da comunidade. Mesmo reconhecendo essa dívida para com o filósofo alemão, Zilberberg não deixa de considerar que o acento é antes de tudo um prosodema que se articula com a modulação no plano da expressão da linguagem. Nesse ponto, teve como precursor Louis Hjelmslev, com quem sempre compartilhou a convicção de que conhecer o funcionamento desse plano é o grande trunfo teórico dos linguistas e semioticistas que desejam conceber um modelo de análise adequado ao plano do conteúdo. E ambos, em épocas diferentes, evitaram criar um falso isomorfismo conceitual entre fonologia e semântica, muito em voga até o final da década de 1960, propondo a discussão em outro nível de pertinência.

Em Hjelmslev[5], o acento representa uma força de concentração que põe em destaque os elementos locais, como as acentuações silábicas que por vezes ajudam a definir o sentido de uma palavra. A modulação (equivalente à entoação linguística) representa uma força de expansão que pode incidir sobre um enunciado inteiro ou segmentos ainda maiores no interior do texto. As inflexões ascendentes e descendentes que costumamos alternar na lingua-

4. Ernst Cassirer, *Filosofía de las Formas Simbólicas*, México, Fondo de Cultura Económica, 1998, vol. 2, p. 112.
5. Louis Hjelmslev, *Le langage*, Paris, Minuit, 1966, pp. 143-145.

gem oral ilustram bem essa tendência expansiva. O acento e a modulação configuram respectivamente as dimensões *intensa* e *extensa* do plano da expressão. São as mesmas dimensões que o linguista dinamarquês identifica no plano do conteúdo, quando opõe a força de concentração do substantivo (gênero, caso, adjuntos adnominais) e sua influência local no texto à força de expansão do verbo (tempo, modo, adjuntos adverbiais) que tende a afetar o enunciado ou o texto como um todo. Substantivo e verbo também expressam respectivamente as dimensões *intensa* e *extensa*, agora no plano do conteúdo.

Para a semiótica tensiva, o isomorfismo entre os planos permite certa economia conceitual. Temos lembrado algumas vezes neste volume que "o acento é a forma exemplar da intensidade", assim como "a modulação é a forma exemplar da extensidade"[6] em ambos os planos da linguagem. Essas citações mobilizaram as linhas de força do capítulo anterior. No plano da expressão da linguagem oral, por exemplo, o acento responde pela unicidade e pelo destaque de uma sílaba perante as demais, levando em conta alguns parâmetros sensoriais como volume, altura e duração desses elementos. As entoações que acompanham a fala corriqueira são modulações sonoras, ascendentes e descendentes, cuja função é produzir elos melódicos entre os pontos acentuados do nosso discurso. No plano do conteúdo, o acento demarca a raridade de um acontecimento associada à forte densidade e intensidade de sua presença num determinado espaço tensivo. Em outras palavras, o acento costuma combinar a seleção de um conteúdo com sua alta tonicidade, a ponto de tornar pouco visíveis os demais conteúdos à sua volta. É o caso do impacto causado pelo acontecimento inesperado.

6. Claude Zilberberg, "Esquisse d'une grammaire du sublime chez Longin", p. 104.

Embora tenha proposto reformulações importantes para o esquema do percurso gerativo greimasiano, especialmente na década de 1980[7], Zilberberg foi aos poucos abandonando a centralidade desse modelo e preservando apenas o conceito de pressuposição entre as categorias que geram o sentido (atores pressupõem actantes, que pressupõem modalidades, que pressupõem aspectualidade etc.). Não havia razão, portanto, para que o semioticista adotasse a enunciação como prática de convocação dos dados sistêmicos e narrativos para a composição do discurso final. Sua teoria admite as etapas que compõem os modos de existência do sentido (virtualização, atualização, realização e potencialização), mas todas elas são introduzidas pela enunciação, sem que haja um relevo especial para as operações enunciativas em si.

Zilberberg também não aceita a expansão da narrativa de origem proppiana como critério de análise para todo e qualquer gênero de texto. No entanto, adota a categoria da *junção*, tipicamente narrativa, para estudar as relações entre, de um lado, intensidade e extensidade e, de outro, implicação e concessão, tentando se aproximar da noção de dependência (Hjelmslev) e não tanto das relações entre sujeito e objeto (Greimas). Ora, precisamos admitir que, em Greimas, a junção já possui forte vínculo com o conceito de dependência, ainda mais quando se analisam os níveis de existência semiótica: "É a junção que é a condição necessária tanto à existência

7. C. Zilberberg participou ativamente da confecção do segundo volume do dicionário de semiótica (Algirdas Julien Greimas e Joseph Courtés, *Sémiotique: dictionnaire raisonné de la théorie du langage*, Paris, Hachette, 1986, vol. 2), para o qual redigiu, entre outras, as entradas "Génératif", "Transvaluation", "Aspectualisation", "Temporalisation" e "Spatialisation". Todas versam de algum modo sobre o percurso gerativo.

dos sujeitos quanto à dos objetos"[8]. E podemos acrescentar que tal existência não se dá apenas nas fases da atualização e realização, quando sujeito e objeto estão em contato sintagmático (e...e...), mas também nas etapas de potencialização e virtualização, nas quais esses actantes e seus valores encontram-se em oposição paradigmática (ou...ou...). Para utilizarmos expressoes familiares à linguística e à semiótica, temos, no primeiro caso, existência *in praesentia*, e, no segundo, existência *in absentia*[9].

Tão logo produz a atualização e a realização do discurso, a enunciação fornece também os elementos para a reconstituição descritiva da sua potencialização e virtualização. E como vimos no exemplo do enunciado "Esta estrada é larga", o sujeito da enunciação jamais emite mensagens puras, isentas de apreciação subjetiva ou mesmo afetiva. Elas já se expressam sob a égide de um acento que indica o grau de avaliação e envolvimento dos actantes enunciativos em todas as fases da existência semiótica.

Enunciação dos Modos de Existência Semiótica

A realização não é apenas a manifestação completa (no conteúdo e na expressão) do estado de conjunção em que se encontra um sujeito depois de conquistar o seu objeto-valor ou simplesmente depois de formular suas opiniões, informações ou argumentações discursivas. Todas as formas de realização recebem um coeficiente de tonicidade que as tornam atonizada ou tonificada e, na maior parte dos casos, entre os dois extremos de apreciação. A conquista do objeto estudada por Greimas é quase sempre o resultado de

8. Algirdas Julien Greimas e Joseph Courtés, *Dicionário de Semiótica*, p. 195.
9. *Idem*, p. 383.

uma espera meticulosamente construída pela análise do texto ou mesmo pela leitura que a antecede. Na qualidade de consequência das etapas pregressas, a vitória final não espanta o sujeito narrativo e muito menos o sujeito da enunciação (o que não quer dizer que não os emocione). Nessa configuração, um tanto didática, o exemplo traduz o que chamamos de realização atonizada, sob o controle dos seus agentes. Por outro lado, temos fatos intensificados, geralmente inesperados, que surpreendem o sujeito da ação, do enunciado ou mesmo da enunciação. Não há preparação e muito menos espera. O conteúdo simplesmente irrompe deixando o(s) sujeito(s) estupefato(s) com o que chamamos de "acontecimento". É comum que o enunciador ou narrador relate os efeitos assombrosos de um acontecimento sobre o sujeito da ação, mas, muitas vezes, o próprio enunciador se mostra perplexo e sem condição de assimilar o impacto causado pelo fenômeno. Ele percebe a ocorrência do fato, mas não consegue descrevê-lo a contento nem mesmo reagir aos seus estímulos imediatos. Afinal, fazem parte da definição semiótica de acontecimento a sua aparição repentina e o seu poder de apropriação do tempo interno do sujeito, impedindo-o de elaborar uma atuação menos passional. Em virtude desse impacto, dizemos que se trata de uma realização tonificada do ponto de vista afetivo.

Independentemente da intensidade do seu acento, a realização de uma vivência empírica ou em discurso tem como destino a apreensão de seus valores ou parte deles numa instância mais abstrata, onde se encontram, na esfera individual, a memória e, na esfera coletiva, a história. O modo de existência dessa etapa é a potencialização que, no nosso entender, também pode ser atonizada ou tonificada. Há uma tendência a considerar que só memorizamos as realizações impactantes. Talvez essas recebam um registro mais agudo em nossa memória, mas isso não significa que o restante da experiência ou da comunicação sofra um descarte automático. Assimilamos, por razões pragmáticas, leis sociais com as quais nem estamos de acordo, crenças religiosas que não nos dizem respeito, dados cotidianos que mal despertam a nossa atenção, operações numéricas rudimentares, sem contar o uso automático das partículas gramaticais que estruturam a nossa língua, mas que nada significam isoladamente. Tais elementos também são potencializados logo após a sua realização, embora não possamos dizer que mereçam destaque especial no nosso mundo afetivo (algo como o amor por uma tabuada ou uma preposição...). Fazem parte, digamos, de nossa memória latente: mesmo não nos empolgando, foram apreendidos quase que impensadamente a partir das inumeráveis realizações consumadas ao longo da vida, assim como outros itens funcionais que compõem o nosso sistema semiótico. Mas não podemos negar que potencializamos, com mais ardor e bem menos frequência, conteúdos provenientes de realizações impactantes que, à nossa revelia, nos transformam em enunciatários à mercê dos acontecimentos inesperados. Epifânicos ou aterrorizantes esses eventos nos chegam com a máxima acentuação e, portanto, com o mais alto grau de presença. Segundo Zilberberg, "[...] quando o *improvável* acento 'atinge' a existência, esta se torna presença"[10]. Quanto mais tonificada for a realização, mais viva e saliente será a sua apreensão e fixação na memória. Não há dúvida que tais acentuações expressam os níveis de apreciação dos enunciadores que, por sua vez, retratam as crenças ou ainda os "mitos" (antigos e contemporâneos) da sua comunidade. É igualmente fruto dessa apreciação o que Greimas chamou de qualificação, o sistema que

10. "Lorsque l'*improbable* accent 'frappe' l'existence, celle-ci accède à la présence" (Claude Zilberberg, "De l'affect à la valeur", p. 55).

estima os valores contidos nas manifestações empíricas ou discursivas. Em resumo, embora a potencialização represente a passagem da existência *in praesentia* à existência *in absentia*, sua resultante a partir da enunciação pode ser, pelo que vimos, atonizada como memória latente ou tonificada como memória saliente, recobrindo, assim, as duas acepções contrastantes de potencialização: potencial equivale à existência em estado inativo e potencializar equivale a intensificar, tornar mais ativo.

Do ponto de vista narrativo (ou juntivo), a potencialização mantém a lembrança da conjunção entre sujeito e objeto, tenha sido ela gradualmente construída ao longo da enunciação ou, ao contrário, tenha surgido inesperadamente, omitindo o tempo da atualização, como veremos a seguir. Mas a conjunção propriamente dita deixa de existir assim que nos afastamos do modo da realização. De acordo com a apreciação dos enunciadores, os conteúdos menos enfatizados devem ingressar no modo da virtualização como valores relativamente desacentuados (diferentes entre si, mas sem destaques significativos), enquanto os mais enfatizados, estes sim, ingressam no modo da virtualização como valores diferenciados, para não dizermos como "diferenças diferenciadas". Aqueles que possuem existência átona servem para manter o sistema em funcionamento, mas não chegam a adquirir presença expressiva no íntimo do ser semiótico. Zilberberg menciona um estado de "subsistência" pouco propício ao engajamento afetivo[11]. Os valores devidamente acentuados (tônicos) são os que tocam o mundo passional dos sujeitos envolvidos na enunciação ou na narração. Trata-se aqui do "acento da significação" que Cassirer[12] identifica

11. *Idem*, p. 54.
12. Ernst Cassirer, *Linguagem e Mito*, p. 108.

tanto no mito (a sacralidade) como na linguagem: refere-se aos conteúdos de cunho antropológico e cultural inscritos em formas concentradas, mas que têm a força de representar o todo.

É comum dizermos que, na semiótica, o modo da virtualização contém valores paradigmáticos (*in absentia*) e que, sob o ângulo narrativo, os sujeitos permanecem em disjunção com seus objetos. Mas esse não é um estado incoativo nem mesmo terminativo dos modos de existência. A enunciação cria simultaneamente os quatro modos, todos regidos por acentos afetivos e mantendo relações de dependência entre si. A memória do sujeito estimulada durante a potencialização se estende à virtualização em forma de vínculos temporais entre actantes disjuntos. Em outras palavras, as disjunções e as diferenças paradigmáticas são efetivas no espaço e num determinado recorte da operação enunciativa, mas não no tempo abrangente que recobre todos os modos de existência: a lembrança dos demais modos, nos quais havia elos conjuntivos (apegos), e a esperança de renová-los em momentos futuros asseguram identidade parcial entre os actantes e seus valores virtualizados. E justamente por ser parcial, tal identidade não satisfaz o sujeito, mobilizando-o em busca da parte que lhe falta para a complementação do seu ser semiótico. Greimas e Courtés consideram que essa identidade confirma o "princípio de permanência que permite ao indivíduo continuar o 'mesmo', 'persistir no seu ser', ao longo de sua existência narrativa... apesar das modificações que provoca ou sofre"[13]. Acrescentamos que a identidade do sujeito depende também de valores outros, encontráveis em objetos ainda não adquiridos, mas já vivenciados nos ciclos ininterruptos dos modos de existência em pauta. Basta lembrarmos que a realização,

13. Algirdas Julien Greimas e Joseph Courtés, *Dicionário de Semiótica*, p. 252.

quando se dá em forma de acontecimento inesperado, traz objetos insólitos para a vida do sujeito nem sempre imediatamente assimiláveis, mas já provocando sentimentos de falta com seu poder de atração inesquecível. São objetos representantes de "outros" valores (ainda não pertencentes ao ser semiótico), cuja ausência pode causar incompletude na configuração identitária do sujeito. Trata-se, em geral, da alteridade tônica que gera a tal diferença diferenciada em plena virtualização e ajuda a mover o actante em direção a novas atualizações.

Para o modo da atualização convocamos a oposição que Zilberberg emprega para explicar o modo de eficiência (conceito também inspirado em Cassirer), na medida em que ambos os modos tratam da maneira pela qual uma grandeza ingressa no campo de presença avaliado pela semiótica. Quando a atualização é construída gradualmente, estamos sob a ótica do *pervir*[14]. O exemplo mais explorado desse procedimento é o encaminhamento narrativo, em especial o seu progresso regular de busca do objeto visado pelo sujeito. Se a atualização é repentina a ponto de surpreender o sujeito da ação ou até mesmo confundir o sujeito da enunciação, estamos sob a égide do *sobrevir*. O exemplo de praxe é a irrupção do acontecimento inesperado. A atualização pelo pervir é átona por ser em geral de natureza implicativa e se expandir em sequências bem planejadas até atingir sua meta final (narrativa ou argumentativa). Com andamento lento e gradual, o pervir mobiliza tanto valores desacentuados (próprios do dever ou decorrentes da regularidade e dos usos cotidianos) como valores diferenciados (próprios do querer ou decorrentes de eventos anteriores marcantes) para avançar na sua busca do objeto. Já nesse nível, a teoria narrativa

14. Ver definição deste verbo à p. 64, nota 12.

costuma acentuar diferentemente os seus programas. Os programas narrativos de base, com valores diferenciados, são mais tônicos que os programas narrativos de uso com seus valores desacentuados. Mas ambos perdem muito de sua tonicidade quando comparados ao impacto provocado pelo acontecimento, que se impõe ao sujeito pela via do sobrevir. A apassivação deste último actante faz com que a atualização simplesmente desapareça dos modos que compõem a existência semiótica. As consequências enunciativas desse salto são bem definidas por Zilberberg:

> Do ponto de vista enunciativo, o sobrevir suspende sem se anunciar o objetivo vivido pelo sujeito. O acontecimento tem por resolução uma realização que não foi desejada, nem preparada, nem amadurecida por nenhuma atualização minuciosa prévia. Do ponto de vista enuncivo, o acontecimento projeta um predicado no campo de presença sem vinculá-lo a um sujeito[15].

Ou como diz ainda o autor em outra passagem:

> O sobrevir provoca a parada do tempo e talvez até o inverta no sentido de que o sujeito se empenha em reconstituir o tempo da atualização, o tempo das preparações e das conjecturas que foi anulado justamente por ele. O tempo para porque o sujeito tenta restaurar *a posteriori* esse "tempo prévio" que lhe foi gravemente subtraído[16].

15. "Du point de vue énonciatif, le survenir suspend sans s'annoncer la visée vécue par le sujet. L'événement a pour résolution une réalisation qui n'a été ni souhaitée, ni préparée, ni mûrie par une actualisation minutieuse préalable. Du point de vue énoncif, l'événement projette un prédicat dans le champ de présence sans le rattacher à un sujet" (Claude Zilberberg, "La question du modèle", *Cadernos de Semiótica Aplicada – Casa*, vol. 9, n. 2, p. 3, 2011).
16. Claude Zilberberg, *Elementos de Semiótica Tensiva*, p. 278.

Essa parada, ou desaceleração do tempo para reconstituir a atualização, tem o sentido de recuperar as sucessões implicativas e, com elas, a identidade subjetiva que fora abalada pelo salto concessivo da virtualização à realização, omitindo a etapa da atualização. Enquanto o pensamento implicativo segue em geral uma sequência programada para atingir determinado fim, o concessivo tende por alguma razão a saltar fases que estavam previstas ou, se preferirmos, subverter expectativas típicas da construção lógica do sentido. Segundo Zilberberg, a conjunção "porque" está implícita na condução implicativa, assim como a conjunção "embora" garante linguisticamente as passagens bruscas de um estágio (circunstancial, modal ou passional) a outro. Do ponto de vista do sujeito (enuncivo ou enunciativo), ambas as conjunções podem introduzir conteúdos que lhe são relevantes, mas, sem dúvida, o que as difere são suas respectivas cifras de andamento: desacelerada, no passo a passo do "porque" ("foi bem porque estudou muito"); acelerada, nos saltos provocados pelo embora ("foi bem embora não tenha estudado nada").

O salto concessivo faz com que o sujeito se confronte com valores desconhecidos ou, no mínimo, pouco esperados no contexto em que afloram. É esse caráter surpreendente que exige do actante não apenas a recuperação das etapas suprimidas pela velocidade do acontecimento, mas, sobretudo, a recomposição da integridade do seu ser que se tornou temporariamente incompleto com o desaparecimento dessas passagens. Ou seja, mesmo quando conquista a conjunção com objetos desejados, o sujeito pode sentir falta das etapas subjetivas que lhe foram subtraídas durante o percurso, afinal, são elas que garantem sua confiança na plenitude da própria identidade e na condição de sujeito ativo.

Em termos esquemáticos, podemos apresentar os quatro modos de existência com suas respectivas acentuações no seguinte formato:

ACENTUAÇÃO / MODOS DE EXISTÊNCIA	*Tonificada*	*Atonizada*
Realização (R)	abrupta (acontecimento)	gradual (narrativa)
Potencialização (P)	memória saliente (assombro)	memória latente (usos e regularidade)
Virtualização (V)	diferenças "diferenciadas"	diferenças desacentuadas
Atualização (A)	sobrevir (concessão)	pervir (implicação)

Os valores diferenciados (V) tendem a sobrevir (A) em nosso campo de presença na forma de acontecimentos impactantes (R) que são apreendidos na memória como conteúdo saliente (P) e convertidos novamente em valores prestes a se realualizar. Ao lado disso, com muito mais frequência, convivemos com valores desacentuados (V) que chegam – pervêm (A) – ao campo de presença no ritmo gradual das narrativas e das argumentações e se acomodam em nossa memória como conteúdo latente (P) ou usos automáticos e regularidades dos quais temos pouca consciência.

Estimação como Apreciação

Ao escrever o texto premonitório comentado no início deste artigo e deixar entender que até mesmo o caráter verídico de um enunciado recebia avaliação afetiva (diríamos nós) dos enunciadores, confirmada no uso recorrente do termo ambíguo "estimação", Greimas abria uma linha de pesquisa que, muito provavelmente, ele próprio não poderia reconhecer em meio aos rigorosos princípios epistemológicos adotados à época pela semiótica. Até mesmo a medida subjetiva respaldada nas noções de *mais* e *menos*, hoje peça fundamental da metodologia tensiva, já aparecia representando o caráter oscilatório de apreciação inerente a toda e qualquer enunciação.

Se naquela fase da pesquisa a realização era considerada o modo por excelência da conjunção do sujeito com o seu objeto de valor, figurativizado por conquistas diversas (de outros indivíduos, grandezas valiosas, obras artísticas, estados de vida, símbolos míticos ou religiosos etc.), nos dias atuais tendemos a destacar, para além da conjunção com o objeto, a celebração desse encontro. Ou seja, todas as conquistas são devidamente apreciadas pelo sujeito da enunciação de maneira direta ou por intermédio de seus actantes debreados no discurso. É como se a função de destinador julgador consagrada no esquema narrativo se estendesse, de modo explícito ou implícito, a todos os agentes enunciativos responsáveis pela construção do sentido. No final das contas, parece-nos difícil concebermos o sentido sem passarmos pela apreciação humana.

Daí a importância que atribuímos ao acento de conteúdo na avaliação dos modos de existência semiótica. Cada um desses modos contém um coeficiente de intensidade que, em ascendência, vai da atonização (vacuidade, extenuação etc.) à máxima tonificação (plenitude, saturação etc.) e, em descendência, perfaz a orientação contrária. Os incrementos *mais* e *menos* – mencionados involuntariamente por Greimas e, mais tarde, definidos conscientemente por Zilberberg – constituem "as unidades últimas da progressividade e da degressividade"[17], principalmente quando especificadas

17. Claude Zilberberg, *Elementos de Semiótica Tensiva*, p. 55.

como *somente mais* e *somente menos*. Entre elas, esses dispositivos acentuais (portanto, prosódicos) permitem combinações sugestivas entre si que apontam alguns estágios da nossa infalível apreciação. Podemos nos mostrar indiferentes a um determinado conteúdo, a ponto de nem sequer perceber sua presença em nosso cotidiano. Caso típico do *somente menos*. Mas podemos também diminuir um pouco essa dose de *menos*, dedicando alguma atenção àquilo que anteriormente não nos interessava. Essa nova condição se expõe pela combinatória reflexiva *menos menos* (início de restabelecimento de algo totalmente depreciado). Quando essa continuidade atinge um nível realmente positivo, a combinatória opera com dois elementos que, juntos, promovem um expressivo aumento da intensidade: *mais mais* (consolidação e recrudescimento da progressão intensiva).

Esse "sistema de estimação" geral, que Greimas já situava na instância do sujeito da enunciação[18], pode chegar ao nível do *somente mais* como plenitude (sujeito em conjunção com o objeto), mas pode igualmente saturá-lo, manifestando a superestimação de um conteúdo que, como tal, pede uma resolução atenuada pela qual se retire do *mais* uma dose do seu excesso em busca de *menos mais*. Caso a força do *mais* permaneça regressiva, logo entraremos novamente numa faixa negativa, caracterizada pela reintrodução do *menos* ou da combinatória *mais menos*, passando da atenuação à minimização apreciativa.

Análise de Caso

Tomemos um exemplo. O antropólogo brasileiro Roberto DaMatta descreve, em uma de suas colunas para o jornal *O Estado de S.*

18. Algirdas Julien Greimas, "L'énonciation (une posture épistémologique)", p. 19.

Paulo, duas de suas visitas ao grupo indígena apinayés, na aldeia São José, próxima ao rio Tocantins (Brasil). Em sua primeira pesquisa de campo, em 1970, o antropólogo passou quatro meses no local, fotografando todos os habitantes da aldeia com um propósito bastante definido: "realizar um estudo o mais exato possível do sistema de relações sociais dessa sociedade"[19]. O autor já havia criado uma hipótese que precisava ser comprovada a partir dessas fotos, ou seja, considerava provável que os casamentos locais tinham a função de reconciliar as divisões internas do sistema social analisado. Constatou, no final, que o funcionamento comunitário da aldeia não era tão simples assim. O sistema se mostrava bem mais flexível do que imaginara. DaMatta refuta então a hipótese inicial e escreve um artigo (não publicado no Brasil) detalhando suas análises e conclusões sobre os apinayés.

Pela descrição do antropólogo ao longo da crônica, podemos inferir que sua atuação junto aos indígenas seguiu os trâmites regulares de uma pesquisa acadêmica nessa área: levantou uma hipótese, promoveu pesquisa de campo, verificou a existência de outros componentes responsáveis pela harmonização das divisões sociais no grupo estudado e, por fim, escreveu um artigo expondo suas descobertas. O enfrentamento e a resolução das dificuldades inerentes a qualquer pesquisa trouxeram provavelmente ao trabalho do professor o que chamamos de progresso investigativo. Afinal, do ponto de vista narrativo, as ações do antissujeito, que provocam a *parada* na trajetória do sujeito, costumam pôr em destaque a *parada da parada* – a continuidade – que vem na sequência. É dessa maneira, superando cada etapa de resistência do

19. Roberto DaMatta, "O que se Aprende com os 'Índios'?", *O Estado de S. Paulo*, p. C5, 6 set. 2023.

seu tema de pesquisa, que o colunista retrata em poucas palavras a atualização gradual da sua descrição antropológica.

Nada indica nesse pequeno relato de DaMatta que o artigo escrito há mais de quarenta anos tenha tido relevância especial em sua longa carreira de pesquisador. Ficamos sabendo somente que o texto foi publicado no exterior e que, portanto, o pesquisador considerou cumprida sua missão nessa visita inicial aos apinayés, à maneira de um sujeito narrativo que conquista o seu objeto. Mas o leitor habitual da coluna não sente que essa conquista foi devidamente celebrada e consagrada com um gesto de acentuação particular. Em nenhum momento o enunciador do texto jornalístico nos transmite algum envolvimento afetivo com a realização desse trabalho acadêmico que tinha como meta "o deslindamento objetivo de um sistema de relações sociais desconhecido"[20]. Apenas nos informa que a sua meta foi efetivamente alcançada. Assim, somos levados a crer que a atualização da pesquisa seguiu as etapas esperadas do pervir, afastando os contratempos e fazendo prevalecer a evolução do projeto. Não é difícil deduzir que, no conjunto das obras lançadas pelo antropólogo, esse artigo teve uma realização atonizada e que, como tal, foi potencializada na condição de memória latente e, simultaneamente, virtualizada com seus valores desacentuados. Do ponto de vista apreciativo, tomando como referência a avaliação atual do pesquisador exposta na crônica, tal perspectiva atonizada insere o seu antigo trabalho numa faixa de *menos menos*, ou seja, só foi restabelecido para criar um termo de comparação para se avaliar a visita seguinte, a real motivadora da crônica.

20. *Idem.*

Quatro décadas depois deu-se o segundo encontro com os apinayés. Conta o enunciador que levou todas as fotos utilizadas na pesquisa anterior e distribuiu-as aos habitantes da aldeia. Esse gesto transformou-se num verdadeiro acontecimento, impactante para os indígenas e, mais ainda, para o pesquisador:

> Vivi um dos momentos mais eloquentes de minha vida, testemunhando como homens e mulheres, hoje idosos, relembravam lacrimosos suas imagens de jovens e choravam as daqueles que tinham partido[21].

Para o cronista, essa reação dos indígenas foi obra do "acaso", uma vez que as fotos faziam parte de um programa antropológico objetivo já cumprido em época passada e jamais tiveram a função de despertar emoções nos integrantes do *corpus* de análise nem, muito menos, no cientista que pretendia executar o seu trabalho com toda a isenção. O que o autor chama de acaso equivale a um acontecimento que o surpreendeu já na fase da realização (portanto, sob a égide do sobrevir) sem os preparativos característicos do modo da atualização. Só o pensamento concessivo poderia dar conta de sua formulação: *ainda que* o material fotográfico servisse a propósitos objetivos, o seu principal efeito na comunidade foi de natureza puramente subjetiva. É o que se presume a partir das palavras finais do colunista:

> Pois agora aquele conjunto de fotos era alvo do amor e da saudade – não eram mais do pesquisador, mas dos seus sujeitos de direito e não mais de "fatos". As fotos eram provas vivas do passar do tempo e, com isso, das lágrimas dos fotografados e do pesquisador[22].

21. *Idem.*
22. *Idem.*

Tudo indica que o caráter espantoso desse último evento foi potencializado pelo enunciador como memória saliente e virtualizado num paradigma de relações diferenciadas com forte tendência a reatualização. Não há dúvida de que a tonificação afetiva se manifestou em todos os modos de existência dessa segunda visita, o que, aliás, desencadeou a escrita da coluna analisada. A primeira visita também esteve presente no texto, mas na qualidade de programa de uso – desacentuado – com o papel de atribuir relevância máxima ao programa de base descrito na segunda. Interessante notar que para se inserir no âmbito da comoção dos habitantes da aldeia – o antropólogo pôde enfim render-se à expressão emotiva dos seres humanos estudados –, o enunciador da crônica descreve sua capitulação operando uma embreagem atorial típica (referindo-se a si próprio em terceira pessoa), como se para admitir o contágio do afeto precisasse estabelecer um mínimo de distância discursiva.

Operações enunciativas como essa reforçam aspectos da enunciação subjetiva, mas estão longe de definir o grau de comprometimento afetivo do sujeito da enunciação com seus enunciados. Se isso ocorreu no nosso exemplo foi pela alta tonificação dos quatro modos de existência do reencontro, estimulada pela distribuição das fotos, e pela reação emocional inesperada dos sujeitos (enuncivo e enunciativo). Tal acontecimento verificado na realização expandiu-se pelos modos a ponto de recrudescer (*mais mais*) o acento sobre a cena e elevá-la à plenitude (*somente mais*).

Para Resumir e Arrematar

Vimos repetindo que os modos de existência semiótica se apresentam de forma concomitante no momento da enunciação, embora permitam certa cronologização didática que, no fundo, versa sobre a relação de pressuposição entre eles. A potencialização pressupõe a realização, que, por sua vez, pressupõe a atualização, que pressupõe a virtualização e assim por diante. As direções podem ser decrescentes (da realização à virtualização) ou crescentes (da virtualização à realização), retratando nossa aptidão para abstrair (1º caso) e para concretizar (2º caso). Mesmo tendo uma configuração cíclica e dinâmica, esses modos podem ser identificados e estudados separadamente para obtermos seus coeficientes acentuais mais constantes.

Quando a tonificação prevalece, é comum que o sujeito da enunciação não disponha imediatamente do entendimento necessário para exercer o seu domínio sobre o conteúdo tratado. Da mesma forma, o sujeito enuncivo, delegado pelo primeiro, quase sempre demora algum tempo para reconhecer que o objeto acentuado é o *seu* objeto, aquele que o define como sujeito. O que chega antes de tudo é a força de atração (a alta tonicidade) do objeto cuja intensidade o torna inesquecível[23]. Somente em seguida, ou mais tarde, configura-se a sua possibilidade de compreensão, que nem sempre desfaz o impacto inicial. A mobilização desse modelo fica a cargo da lembrança e da esperança que, na versão tonificada dos modos, trazem o vigor necessário para desencadear respectivamente suas direções decrescente e crescente. A realização dirige-se necessariamente à potencialização e esta, à virtualização. Isso significa que a conjunção entre os actantes na realização se mantém como memória saliente na potencialização e ainda permanece em sinais alusivos ao vínculo no âmbito das

23. Como vimos anteriormente, semelhante tonicidade pode incidir também sobre objetos disfóricos, aqueles que, em vez de atraírem, despertam a aversão do sujeito. A força em jogo, nesse caso, é o afastamento, o que não os impede de serem igualmente inesquecíveis. Neste trabalho, estamos nos atendo aos objetos eufóricos.

diferenças paradigmáticas da virtualização. Da mesma maneira, como já dissemos, a força de atração do objeto ativa o movimento crescente que leva à atualização e, por fim, à realização. O que entra em cena, nesse caso, é a esperança de reviver o vínculo em todo o seu esplendor. Ao criar simultaneamente os quatro modos de existência, seus graus de acentuação, ao lado da lembrança e da esperança dos encontros objetais já realizados, a enunciação segue sendo a principal atividade humana de reconhecimento dos valores adquiridos (base da narrativa) e de deslumbramento com os valores recém-descobertos (base do acontecimento). Cabe a ela a constante estimação e acentuação, ambas subjetivas, dos conteúdos que rondam nossas vidas.

7. O Papel do Destinador Transcendente nos Acontecimentos

Transcendência e Imanência na Semiótica

Entre os importantes temas tratados por Algirdas Julien Greimas na década de 1970, e que se tornaram pontos de partida para a implantação da narrativa no núcleo da investigação semiótica, figura o seu estudo sobre os objetos de valor ("Un problème de sémiotique narrative: les objets de valeur"), publicado na revista *Langages* (n. 31, 1973) e escolhido mais tarde para compor o segundo volume da obra *Du sens*[1]. São muitos os conceitos e os modelos elaborados nesse texto que deram origem ao período hegemônico da análise narrativa e discursiva praticada nas universidades francesas e nos centros semióticos espalhados pelo mundo, muitos deles seguidores, àquela época, dos avanços do estruturalismo de linhagem europeia.

1. Obra traduzida para o português por Dilson Ferreira da Cruz e publicada sob o título *Sobre o Sentido II: Ensaios Semióticos*.

O tema que pretendemos investigar nesta oportunidade também fez parte do artigo/capítulo mencionado, mas sem receber o devido destaque, uma vez que eram outras as prioridades teóricas consideradas pelo criador da semiótica francesa. De todo modo, o tema em si já estava lá e pode ser sintetizado na noção de destinador transcendente. A função simples de destinador – como o actante que conduz o sujeito à ação narrativa e, ao final, avalia o seu desempenho durante o processo, além da sua competência para superar todas as provas que lhe foram impingidas – já foi sobejamente estudada e aplicada no domínio semiótico. Trata-se, na verdade, de categoria que se desdobra em duas outras, conhecidas respectivamente como destinador manipulador e destinador julgador. Suas definições comportam algum parentesco com o nosso tema, mas quando levamos em conta a especificidade do destinador transcendente há algo de misterioso ou pelo menos de inacabado nessa chamativa qualificação. Agora, após cinco décadas de publicação do referido artigo, talvez possamos contar com novos meios para caracterizar o que vem a ser "transcendente" nesse contexto semiótico específico.

Embora Greimas tenha se inspirado fortemente em estudos mitológicos (realizados, entre outros, por Vladimir Propp, Georges Dumézil e Claude Lévi-Strauss) para formular a dimensão transcendente em que se insere o destinador, sua tradução da categoria mitológica em função narrativa fez do conceito algo bem distante da visão sobrenatural que parece cercar o vocábulo nas comunidades pesquisadas pelos antropólogos. Para o semioticista, destinador transcendente se opõe a sujeito imanente no interior do texto submetido à descrição. Assim como o sujeito do fazer narrativo, o destinador (que, em princípio, faz o sujeito fazer) participa do universo de valores circunscrito pelo texto em análise, mas, além de ser fiador dos conteúdos que transitam nesse circuito fechado, "esse personagem desempenha o papel de mediador entre o universo de valores transcendentes e o universo imanente no qual valores são vertidos para entrar em circulação"[2]. Em outras palavras, cabe à função de destinador transcendente abrir a estrutura que define a autonomia semiótica de um texto ao ingresso de objetos modais e descritivos existentes na sociedade mais ampla e ao arco histórico que esteve na origem de sua escrita.

Greimas e Joseph Courtés retomam a caracterização desse actante em diversos verbetes do *Dicionário de Semiótica*, nos quais, além de o definirem como "absoluto, soberano, original e último", explicam sua atuação na chamada "comunicação participativa": o destinador transcendente doa seus valores sem, contudo, renunciá-los. Considerando que todo destinador equivale ao enunciador de uma comunicação e que o sujeito da enunciação, para a semiótica, subsume tanto o enunciador quanto o enunciatário, o conteúdo transmitido na sua primeira condição é recebido por ele mesmo, na segunda. Em suma, o enunciador (ou destinador) é sempre o primeiro enunciatário (ou destinatário) das próprias emissões, ainda que raramente seja o único[3].

Transmissão de um Ponto de Vista

De acordo com a própria tradição greimasiana, o desdobramento do destinador em manipulador e julgador pressupõe um ponto de vista aspectual que instaura o primeiro como actante incoativo e o segundo como terminativo em todo esquema narrativo[4]. Nessa

2. Algirdas Julien Greimas, *Sobre o Sentido II*, p. 43.
3. Algirdas Julien Greimas e Joseph Courtés, *Dicionário de Semiótica*, p. 82.
4. *Idem*, p. 133.

mesma linha, pouco tempo depois, o semioticista francês Claude Zilberberg completou o pensamento dos autores do dicionário ao estabelecer que enquanto o destinador define o começo e o desfecho dos percursos narrativos, ou seja, as principais demarcações de um relato (o seu grande intervalo), a relação entre sujeito, objeto e antissujeito garante suas durações em termos de elementos precedentes e subsequentes, o que assegura a progressão de segmentações ou pequenos intervalos. Tais durações respondem pelo tempo cronológico, pela historicidade do texto. Já as aspectualizações salientes (referentes ao momento contratual e ao desenlace judicatório) respondem pelo tempo mnésico, pela direção télica do relato, ou ainda, pela possibilidade de ligação dos fenômenos relatados ao conjunto de lembranças individuais ou sociais dos atores em pauta[5].

Greimas e Courtés vão além ao afirmarem que todo percurso narrativo é englobado "por uma instância transcendente, em que se encontra o destinador, encarregado de manipular e de sancionar o sujeito do nível imanente, considerado como destinatário". Não apenas por isso, mas também pelo seu poder, digamos, factitivo (dado que faz do destinatário um sujeito competente e, depois, o julga de acordo com critérios de justiça e "veracidade"), o destinador ocupa "uma posição hierarquicamente superior em relação ao destinatário", mesmo que se leve em conta as inversões temporárias de papéis. O fato de um destinatário poder eventualmente manipular o seu destinador com elogios e bajulações para fazê-lo agir em seu proveito não altera o "poder preestabelecido que caracteriza o

5. Claude Zilberberg, *Razão e Poética do Sentido*, São Paulo, Edusp, 2006, pp. 69-70.

estatuto hierárquico do destinador". Ele será sempre reconhecido como o insigne representante da instância transcendente[6].

Podemos compreender, assim, que o destinador é de fato uma posição sintáxica por *fazer* o sujeito *fazer* e até por jamais abandonar esse projeto de continuidade em nome da conjunção final do destinatário-sujeito com o seu objeto. As resistências (ou *paradas*) impostas pelo antissujeito são ameaças constantes que, nas histórias populares, apenas valorizam o progresso irresistível (*parada da parada*) do sujeito, sempre muito bem equipado e conduzido pela ação persuasiva e manipulatória do destinador. Afinal, para este actante, as modalidades e os valores são inesgotáveis, pois transcendem os limites imanentes do texto. Zilberberg sintetizou essa particularidade ao definir o destinador como "aquele que não poderia ser detido por nada!"[7]

Mas tudo indica que não se trata apenas de posicionamento sintáxico e de poder preestabelecido, uma vez que, a partir de ambos, o destinador adota também uma estratégia aspectual, que conduz o sujeito a uma direção definida, e outra modal, que alimenta a competência desse mesmo actante para o seu inevitável confronto com o antissujeito. Tais recursos explicam a relação de comunicação entre destinador e destinatário "antes" que este último se transforme em sujeito de sua própria ação. Trata-se, no fundo, de um fortalecimento do ponto de vista que fundamentou o contrato narrativo inicial entre eles: "a aspectualidade e a modalização tornam-se pontos de vista"[8].

6. Algirdas Julien Greimas e Joseph Courtés, *Dicionário de Semiótica*, p. 333.
7. Claude Zilberberg, *Razão e Poética do Sentido*, p. 145.
8. "L'aspectualité et la modalisation deviennent des points de vue" (Claude Zilberberg, "Le schéma narratif à l'épreuve", *Protée*, vol. 21, n. 1, p. 70, 1993).

Em última instância, o sujeito valoriza no objeto os dados que encontram ressonância no ponto de vista formulado pelo destinador e que lhe foi comunicado durante sua prática persuasiva. Por compartilhar desse ponto de vista na condição de destinatário, o sujeito rapidamente identifica o que há de necessário ou desejável nos objetos ao seu alcance. O interessante é que isso não se aplica apenas à teoria narrativa, mas igualmente à experiência do acontecimento.

Preparação do Sujeito pelo Destinador

Para Zilberberg, a reflexão sobre o acontecimento trouxe a semiótica para o campo da intensidade, onde impera a *surpresa* e, por conseguinte, certa desordem na construção do sentido até então baseada no conceito de *espera*. Como critérios de controle dos níveis de intensidade, o autor destaca o andamento (aceleração/desaceleração) e a tonicidade (tonificação/atonização). O acontecimento combina aceleração com tonificação: ocorre antes que o sujeito esteja preparado para compreendê-lo e atrai a atenção para si com tal vigor que o sujeito se mostra incapaz de ignorá-lo. São critérios válidos, sem dúvida, para compreendermos o impacto do acontecimento, mas deixam uma pergunta no ar: por que o mesmo fenômeno pode figurar como acontecimento extraordinário para alguns e, para outros, como fato irrelevante, por vezes, imperceptível?

É nesse ponto que nos parece forçoso reconhecer que entre os princípios que regem tanto a narratividade quanto a semiótica do acontecimento destaca-se o conceito de destinador transcendente. Ao munir o sujeito de modalidades, valores, enfim, de pontos de vista sobre o mundo, o destinador já determina os objetos compatíveis com sua orientação e, de certo modo, já prepara o sujeito para receber uma avaliação positiva no final do processo. Assim, também, entendemos que a influência do destinador é notória toda vez que o destinatário-sujeito se sensibiliza diante de um acontecimento inesperado. Embora não haja aparentemente uma ligação entre esse actante e aquilo que lhe acontece de forma imprevista, tal estranhamento não é suficiente para explicar a intensidade do impacto no seu mundo subjetivo. Tampouco a velocidade da ocorrência. Afinal, o sujeito poderia simplesmente não se interessar pelo evento. O que nos parece afetar diretamente a apreensão do sujeito é o vislumbre nas frestas do acontecimento de indícios de um possível desenrolar discursivo subsequente, capaz de traduzir esse impacto em algo compatível com o ponto de vista transmitido pelo destinador transcendente. É ao longo desse processo – que nos habituamos a chamar de *resolução* – que a presença do destinador se manifesta em toda a sua amplitude. No entanto, por já estar imbuído dos valores transferidos pelo destinador, o sujeito, ao que tudo indica, capta no novo conteúdo os sinais da possível e até provável resolução. Nesse momento, mesmo não estando plenamente consciente da existência desses sinais, mas já intrigado com os seus vestígios (pois absorvem a sua atenção), o sujeito se mostra embevecido com a experiência. Pode-se dizer, portanto, que o acontecimento não está apenas no assomo de um sentimento, mas também na sensação de sua iminente resolução. Não pode ser restringido a um fenômeno exclusivo da intensidade, se esta não apresentar imediatamente o seu corolário extensivo.

Indícios de Resolução no Impacto do Acontecimento

No exemplo clássico do "arco-íris branco" avistado pelo poeta Johann Wolfgang von Goethe e descrito por Henri Lichtenberger, o também poeta Haroldo de Campos comenta o efeito epifânico desse "raro fenômeno meteorológico" sobre o escritor alemão que, já idoso, viajava para rever a sua terra natal[9]. Pelo que se depreende da descrição de Lichtenberger, não é tanto a raridade do fenômeno que absorve a atenção de Goethe, mas a identificação no acontecimento de um ponto de vista já introjetado àquela altura em sua mente e que, ao fim e ao cabo, o persuadiu a fazer a citada viagem. Percebe-se, então, a presença do destinador seja em dimensão superficial, seja em dimensão profunda. No primeiro caso, tratava-se de "conselho médico", pois o poeta precisava de descanso. No segundo, um destinador com perfil mais transcendente o impulsionava no sentido de restituir a juventude. Com esses valores em curso, o sujeito enxergou no arco-íris branco uma imediata resolução: não apenas um indício de rejuvenescimento, mas também uma interpretação do fenômeno como o "presságio de uma *nova puberdade*". Na verdade, ambas as dimensões se associavam no íntimo do sujeito: a recuperação da desejada vitalidade juvenil poderia brotar do descanso recomendado pelo médico. A visão era de fato incomum, mas sua relevância na vida do escritor já estava respaldada por influxos anteriores, os mesmos que, na sequência, ativaram a resolução. Assim se manifesta, a nosso ver, a presença do destinador transcendente na apreensão do acontecimento.

Nem precisaríamos dizer que essa função de origem narrativa acompanha as ações e as apreciações dos indivíduos e dos grupos sociais ao longo de toda a sua existência. Genitores, parentes próximos e tutores costumam preencher essa função no caso de crianças e adolescentes, o que não elimina o papel de outros agen-

9. Aprofundamos neste momento o exemplo lançado à p. 70 para explicar o acento de sentido no caso da apreciação das epifanias. A questão agora é introduzir o papel do destinador transcendente na apreensão do arco-íris branco.

tes escolares ou midiáticos nesse processo de formação gradativa durante as fases de crescimento e maturação. Orientações intelectuais ou religiosas, habilitações profissionais, posicionamentos ideológicos e incentivos de toda ordem nos são transmitidos pela vida afora, a ponto de nos fazerem crer e até mesmo agir sem que saibamos exatamente de onde provém essa força de persuasão. O ser humano tende a acumular, pouco a pouco, atores, figuras, princípios, circunstâncias e outras fontes de determinação que ocupam temporária ou permanentemente a função de destinador transcendente e que são selecionados pelo destinatário-sujeito ao se deparar tanto com narrativas planejadas quanto com a imprevisibilidade dos acontecimentos casuais.

É preciso dizer que essa ininterrupta atividade de persuasão é, antes de tudo, silenciosa. Na vida real, é raro que alguém convença alguém de alguma coisa a partir de uma simples argumentação. A persuasão instantânea é possível, mas em casos muito especiais. O que se observa em geral é a aquisição gradual por parte do sujeito de valores cuja procedência, quase sempre difusa, não permite a determinação exclusiva de um ator ou uma figura para exercer a função de destinador transcendente. Nossas práticas cotidianas de todas as fases da vida são suficientemente ricas para compor, sem que tenhamos plena consciência, nossos pontos de vista ou, como se diz usualmente, nossa visão de mundo. São inúmeros os personagens, as crenças, os conhecimentos, os estímulos estéticos etc. que se alternam nessa função e que podem revelar ou até justificar aspectos de nossa relação com outras pessoas e com todo tipo de experiência objetal. Ver um dado fenômeno com "outros olhos" significa assimilar a perspectiva de alguém ou de algo que acaba de ocupar a posição do destinador. É quando o sujeito consegue "enxergar" o que não via antes.

Um exemplo caricato, mas bastante significativo se pudermos dele extrair o essencial para os nossos fins, foi criado por Nelson Rodrigues e citado algumas vezes em crônicas por Ruy Castro[10]. Segundo este autor, o jornalista e escritor Otto Lara Resende, volta e meia adotado como personagem por Nelson Rodrigues, teria passado durante anos pelo Aterro do Flamengo a caminho do centro do Rio de Janeiro sem se dar conta da imagem imponente do Pão de Açúcar. No relato do jornalista e dramaturgo, de repente, numa dessas passagens pelo Aterro, Otto teria enxergado o famoso morro carioca, fato que o deixaria completamente aturdido no meio da rua, tentando compreender por que, até então, não avistara aquele patrimônio da cidade em seus deslocamentos diários para o trabalho.

De acordo com Ruy Castro, Nelson Rodrigues teria explicado: "Foi o encontro do Otto com o óbvio. O óbvio ululante". Pelo ângulo da semiótica, o sujeito encontra-se com o objeto (nesse caso, com a visão do morro) e não propriamente com a obviedade de sua existência. Enquanto prevaleceu o caráter óbvio do Pão de Açúcar (morro monumental que sempre esteve, e sempre estará, no mesmo lugar como emblema estético e turístico do Rio de Janeiro), nada de seu contorno chamou a atenção do jornalista na conhecida paisagem da cidade. A obviedade tornou o sujeito insensível aos estímulos do objeto. Sob esse efeito, o que era um acontecimento extraordinário para turistas e poetas não passava de imagem corriqueira na vida do personagem. Portanto, é a obviedade que ocupa a função de destinador nessa pequena fábula, pelo menos até o momento em que Otto Lara Resende enxerga

10. Ruy Castro, "Profetas do Óbvio", *Folha de S.Paulo*, 28 dez. 2011 e "Bolsonaro Prepara o Golpe", *Folha de S.Paulo*, 11 jun. 2023.

finalmente o morro e se mostra transtornado com a experiência. O que o faz enxergar não é enfatizado na versão concisa de Ruy Castro, mas podemos inferir que talvez tenha havido uma alteração na instância do destinador ao se trocar o óbvio pelo óbvio ululante. Ao contrário da obviedade passiva que faz o sujeito não fazer (não enxergar), o óbvio ululante é barulhento, descomedido, extravagante e, por isso, não pode deixar de ser notado, nem que seja apenas pelos profetas, o que nos leva a outra *boutade* de Nelson Rodrigues: "Só os profetas enxergam o óbvio". Isso surge na crônica como avaliação positiva de Otto Lara Resende. Temos, assim, o destinador que neutraliza a imagem do Pão de Açúcar na mente do sujeito (a obviedade que o impede de enxergar o morro), o destinador que recupera os valores atrativos do Pão de Açúcar (o óbvio ululante que faz o sujeito enxergar o morro como um acontecimento inesperado) e, ainda, o destinador julgador que avalia as atuações do sujeito como as de um verdadeiro profeta.

O segundo destinador é o que intensifica o objeto para o sujeito devolvendo-lhe a força de um acontecimento. Em termos figurativos, o Pão de Açúcar retoma os valores que o colocam em destaque na paisagem natural da cidade. É o óbvio ululante (justamente por ulular) que recompõe o que há de hiperbólico e estético no célebre morro. Como vimos, o destinador ativa no sujeito o ponto de vista que reverbera no acontecimento (razão do seu impacto) e, em condições normais, dá início a sua resolução discursiva no plano da extensidade. O sujeito só se deslumbra com o que lhe faz sentido e, em consequência, lhe abre a possibilidade de explanação, mesmo que esta não chegue a se consumar. No caso em pauta, em virtude das limitações de espaço para a crônica e da própria escrita sintética de Ruy Castro, a resolução do deslumbre fica apenas delineada.

Intensidade Emocional e Resolução Extensiva

O vínculo entre o destinador e as condições para a resolução do impacto do acontecimento torna-se quase literal na coluna da psicanalista e cronista Vera Iaconelli. Escrito no auge da devastadora pandemia que chegou ao Brasil no início de 2020, esse texto traz a própria enunciadora ocupando a posição de destinador e se dirigindo a seus destinatários (os leitores), com o intuito de levá-los a refletir sobre o acontecimento nefasto que interrompeu bruscamente a rotina de todos. Diz a autora:

> Esse é o momento para transformarmos o terrível acontecimento – alheio à nossa vontade – em verdadeira experiência. Isso implica em poder construir uma reflexão e uma narrativa sobre o que vivemos[11].

Traduzir o acontecimento inesperado em experiência passível de reflexão corresponde, no nosso entender, a converter a intensidade emocional provocada pelo acontecimento em resolução extensiva, típica dos procedimentos lógicos de compreensão e explicação. Já a psicanalista menciona Lacan como fonte primária das suas ponderações[12]. Traz à baila, portanto, o destinador da destinadora que produziu a formulação citada. Mas o encadeamento das funções actanciais não altera em nada a feliz escolha da palavra "experiência" como ponte entre o acontecimento em si e sua resolução discursiva.

Claro que são numerosos os pontos de vista que nos fizeram perceber a pandemia e sua dimensão internacional como aconteci-

11. Vera Iaconelli, "De Volta para o Futuro", *Folha de S.Paulo*, p. B3, 30 jun. 2020.
12. "A verdade está na superfície, ao alcance de quem bem escutá-la", nas palavras da cronista (*idem*).

mento altamente ameaçador para toda a humanidade. No entanto, para o sujeito que observa fenômenos dessa natureza, a variação de intensidade é imensa, pois depende do ator (ou da figura) que ocupa a posição de destinador durante a ocorrência do evento. Todos se lembram que, no Brasil, os sujeitos destinatários da equipe do governo central da época "enxergavam" a pandemia como algo irrelevante, átono ("uma gripezinha", dizia o chefe da nação, destinador de um enorme contingente populacional), que dispensava qualquer medida restritiva para combater a contaminação. Outra ala, destinatária direta da ciência contemporânea, acentuava enfaticamente o acontecimento, engajando-se às quarentenas e aos isolamentos de toda espécie. Pairava, entre ambas as perspectivas, um leque considerável de graus de tonicidade atribuídos ao fato que abalou as crenças e as noções de ciência em todo o planeta.

Para os que tratavam a pandemia com indiferença, era fácil notar que não havia um destinador capaz de transmitir o alcance emocional e cruel do fenômeno que viria a dizimar centenas de milhares de vidas no país. Os destinatários foram persuadidos a não reconhecer o fato como um acontecimento brutal, merecedor da mais profunda avaliação por parte das autoridades da saúde e da sociedade integral. Como não sentiam o forte impacto afetivo do que estava ocorrendo (seus destinadores não permitiam...), também não se propunham a buscar uma resolução adequada ou, nos termos da colunista, uma reflexão sobre o acontecimento transformado em experiência. Afinal, sem impacto afetivo e sem destinador que instrua o sujeito no sentido de distinguir a especificidade da experiência e a necessidade de desdobrá-la na extensão discursiva, o acontecimento deixa de existir.

Para os que acentuavam a pandemia como um dos principais acontecimentos (negativos) internacionais de todos os tempos, a função de destinador foi preenchida por numerosos agentes públicos, profissionais da saúde, jornalistas, artistas, além de organizações nacionais e internacionais, todos engajados numa campanha inédita de informação e esclarecimento sobre o poder destrutivo do vírus Sars-cov-2. A própria cronista, valendo-se de sua prática psicanalítica, figurou, já dissemos, como destinadora de seus leitores ao prepará-los, a seu modo, para uma percepção especial do acontecimento pandêmico. Em primeiro lugar, é forçoso observar que há uma pequena semelhança entre esta e a coluna comentada anteriormente, mesmo que apresentem perspectivas gerais totalmente diversas. No relato de Nelson Rodrigues (segundo as colunas de Ruy Castro), a obviedade não permitia que o personagem distinguisse o Pão de Açúcar na paisagem do Rio de Janeiro, pelo fato de que ele sempre esteve lá. Mas o óbvio ululante, expressão criada pelo dramaturgo, foi capaz de repentinamente revelá-lo. Na coluna de Iaconelli, "a pandemia revelou o que sempre esteve aí. Nossa única esperança é começar a escutar o que se escancarou ainda mais". Assim como o óbvio ululante acentuou o Pão de Açúcar, a pandemia acentuou ("escancarou") aspectos de nossas vidas que permaneciam na penumbra. E se a pandemia fez o sujeito apreender esses aspectos (citados adiante) durante sua implacável disseminação, elevando-a à condição de acontecimento, ela também, em certo momento, desempenhou o papel de destinador.

Entretanto, para reconhecer a terrível virose não apenas como destinador, mas principalmente como acontecimento nefasto, era preciso entender a impressão forte e profunda por ele causada como um invólucro afetivo a ser desdobrado pelo sujeito em sucessivos conteúdos analíticos, responsáveis pela transformação do sentimento compacto em reflexão expandida. É nesse ponto que a enunciadora da crônica assume plenamente sua função de destinadora, por fazer o destinatário-sujeito (leitor) ver no acontecimento uma oportunidade única de revisão dos temas vitais geralmente relegados no corre-corre cotidiano. Alguns traços que definem o acontecimento tão valorizado por Zilberberg no âmbito da semiótica já estavam explícitos nos efeitos epidêmicos da doença em todas as regiões do globo: a parada do tempo, decorrente da suspensão por prazo indeterminado das atividades em todas as áreas profissionais que dependiam do contato social, a alta velocidade da contaminação e a irrupção dos temas-tabu da mortalidade e da finitude, normalmente escamoteados pelo ser humano ao longo da vida.

Mas a psicanalista vai além ao se referir ao acontecimento convertido em "verdadeira experiência". O sujeito se mostra perplexo porque intui que o conteúdo cifrado no evento poderá ser decifrado de acordo com as instruções recebidas do destinador, processo, aliás, que se inicia assim que amenizam os efeitos emotivos do fato inesperado. Considerando que a própria coluna de Vera Iaconelli se apresenta como um exemplo típico dessa transmissão de valores entre destinador e destinatário-sujeito, basta destacarmos no seu texto algumas indagações vindas diretamente do impacto causado pelo ocorrido: quais e como têm sido os nossos laços afetivos? Como viver o luto? Quais os desejos que valem a pena cultivar em nossa vida? Como encarar nosso tempo subjetivo no período de confinamento? O que vem a ser solidariedade e abnegação? E cidadania, governo, democracia, como tais conceitos sociais se entrelaçam em nossa vida pessoal? Enfim, são camadas de conteúdo deslindadas por um sujeito já instruído pela ocupante da função de destinador.

Cremos que é nesse sentido que Zilberberg adotou a definição sintética de acontecimento (*événement*) que consta do dicionário francês *Le petit Robert*: "o que sobrevém e que tem alguma importância para o homem"[13]. A noção de *sobrevir* já faz parte do vocabulário semiótico toda vez que alguém se põe a descrever um conteúdo que ingressa rápida e inesperadamente no campo de presença em análise. Trata-se, pois, de uma questão de andamento (acelerado), na acepção musical do termo. Já "o que tem alguma importância para o homem" depende, segundo Zilberberg, de uma avaliação acentual ou, em outras palavras, do grau de tonicidade investido. O próprio dicionário acrescenta uma citação comprovadora de Anatole France: "acontecimento [...] é um fato notável"[14] e não um fato qualquer. Essas considerações seriam suficientes se não precisássemos semiotizar noções como "importância" ou "notável". Afinal, é sempre bom lembrar que há fatos que representam acontecimentos impactantes para alguns e ocorrências irrelevantes para outros. Quem aponta a importância de um fenômeno na vida do sujeito é o destinador, função que orienta o sujeito a reconhecer os valores imbricados no acontecimento (responsáveis pela impressão afetiva) e ainda oferece os subsídios para a sua resolução explicativa, mesmo que esta última não se manifeste. Muitas vezes, o ator que ocupa essa função precisa recorrer a valores ainda não assimilados pelo sujeito, até porque estão fora de sua experiência de vida e de seu campo de ação. É quando os valores imanentes não dão conta da riqueza informativa do acontecimento e dependem da atuação do que vimos chamando de destinador transcendente, aquele que abastece o destinatário-sujeito com valores até então considerados indisponíveis.

13. "*Événement* 2. Ce qui arrive et qui a quelque importance pour l'homme".
14. "Un événement [...]. C'est un fait notable".

Destinadores nos Acontecimentos

O acontecimento é um verdadeiro arranjo de valores que se manifesta de forma surpreendente. Embora não compreenda de imediato o sentido geral desse arranjo, o sujeito já instruído pelo destinador se mostra competente para reconhecer os valores em si, ou parte deles, o que é suficiente para deixá-lo intrigado e atraído pelo fenômeno global. É essa apreensão inicial de valores avulsos que chama a atenção de alguns sujeitos (e não de outros), especialmente daqueles que já intuem a possibilidade de esmiuçamento dos conteúdos que geraram o arranjo inesperado. Em termos semióticos, o sujeito se apega ao acontecimento que o permite transitar da intensidade emotiva à extensidade intelectiva – e vice-versa – ou, ainda, que o permite sentir e compreender os valores de sua cultura em novos arranjos.

Cabem, de passagem, alguns alertas. Parece-nos evidente que os sujeitos possuem aptidão natural para identificar nos fatos, objetos ou acontecimentos os valores prestigiados por seus inúmeros destinadores transcendentes acumulados ao longo da vida. Não há dúvida também que os atores e figuras ocupantes dessas funções são constantemente hierarquizados na mente dos indivíduos à medida que esses amadurecem e vão definindo suas escolhas vitais. Formam o que nos habituamos a chamar de sistema de valores abraçados pelo indivíduo. Por fim, tratamos desses destinadores como categorias à parte em virtude do seu formato analítico, mais condizente com a abordagem semiótica. Talvez nem precisássemos dizer que, na maioria dos casos, as orientações procedentes dos destinadores já estão introjetadas nas crenças e convicções adquiridas pelos sujeitos, sobretudo quando essas funções são preenchidas por personagens adultos. Por isso, empregamos com frequência expressões como "ideologia" ou mesmo "visão de mundo", ambas prevendo um sincretismo entre destinador e destinatário-sujeito.

Interessante observar que, no caso das crianças, a função de destinador, em geral preenchida pela figura dos pais ou seus representantes, surge quase sempre destacada da função de sujeito. Entretanto, é comum que haja sempre um flanco aberto para o ingresso de figuras circunstanciais ou temporárias cumprindo o mesmo papel, ainda que geralmente num grau inferior ao dos progenitores. O temor, digamos, actancial, é justamente que outros agentes menos comprometidos com o desenvolvimento sadio das crianças se imponham como destinador num período da vida em que elas ainda não reúnem condições críticas para refutar o ocupante da função. Mas não trataremos aqui desses casos extremos. Vamos apenas comentar uma reflexão sugestiva trazida por Antonio Prata em sua coluna semanal na *Folha de S.Paulo*[15].

Para irmos direto ao ponto, o autor versa sobre uma situação que vem se repetindo por gerações, desde que a evolução tecnológica começou a competir com o poder de atração da natureza e, mais que isso, passou a substituir com vantagens (do ponto de vista do interesse infantil) os jogos e brincadeiras que no passado as crianças praticavam fora de casa. No princípio era a televisão, com sua programação infantil nem sempre muito "educativa", como se dizia; em seguida, os primeiros *videogames*, que, na melhor das hipóteses, viciavam crianças (e pais) numa prática interminável que se tornava incompatível com atividades esportivas e outros estímulos corporais ao ar livre. Já neste século, os jogos eletrônicos se sofisticaram em proporção inimaginável e logo se associaram diretamente ao manuseio compulsivo do celular realizado tanto

15. Antonio Prata, "Chupa, Natureza!", *Folha de S.Paulo*, 15 jan. 2024.

por adultos como por crianças. Ao longo de todo esse tempo, os pais que se mostravam preocupados com a saúde física e mental dos seus descendentes repetiam a inútil recomendação: "hoje o dia está lindo, por que vocês não vão brincar lá fora?" Esse é o ponto que motivou a coluna de Antonio Prata. Nas suas palavras: "fiquei pensando na razão de as crianças não perceberem a beleza de um dia lindo". Sua constatação bem-humorada é perfeita: "Um dia lindo faz tanto sentido pra criança quanto um pernil de javali para um vegano"[16]. Mesmo que não responda à solicitação dos pais, a criança sempre deixa no ar a sua indagação básica: "E daí que tá sol?" É como se dissesse "e o que eu tenho a ver com isso?"

O autor arrisca uma interpretação (para ele, um "chute") até certo ponto existencial para o fenômeno. Se não for verdadeira, certamente é poética: "a beleza só surge quando a vida começa a escorrer pelas mãos"[17]. Os adultos têm consciência da finitude e do envelhecimento progressivo. Cada dia que passa é um a menos para saborear o que há de belo no mundo. Isso não vem ao caso para quem tem a vida inteira pela frente. A hipótese é boa, mas pressupõe que o dia ensolarado é um valor em si, capaz de atrair todos os seres humanos, pelo menos em sua idade adulta. Do nosso ponto de vista, ao dizer "tá um sol incrível! Aproveita!", os pais estão apenas iniciando um longo processo de persuasão que, em geral, se consuma na juventude ou somente na maturidade (quando chegam os filhos dos filhos). Ainda que sejam inquestionavelmente os destinadores de direito mais próximos de suas crianças, nem sempre o são de fato. É comum atualmente que o mundo subjetivo na infância esteja povoado de destinadores vir-

16. *Idem.*
17. *Idem.*

tuais, com poderes persuasivos bem mais imediatos e atraentes (embora temporários) que os que emanam dos mais experientes. As crianças são constantemente estimuladas a criar ou modificar realidades no iPad ou no *smartphone*, quase sempre participando diretamente dos seus resultados. Preferem esses superpoderes a ficar contemplando uma realidade que não se altera em nada com a sua presença e que não passa de pano de fundo invisível para as suas atividades virtuais, muito mais dinâmicas. Aliás, não é fácil conceber um destinador que faça uma criança "contemplar", seja lá o que for. Em compensação, para instruí-la com estratégias que lhe assegurem vitórias no mundo virtual não faltam destinadores cada vez mais especializados na técnica da persuasão.

Antonio Prata relata ainda uma de suas experiências fazendo trilhas em família. Ao alcançar o cume de uma montanha, o casal se mostrou "extasiado" com a vista dos morros, sua variedade de cores, enfim, com a exuberância da natureza. Os filhos, por sua vez, também ficaram "estupefatos", mas com o êxtase dos pais. Encaravam-nos, espantados, até que um deles disparou: "é só um monte de montanha! De mato! Que que tem?!" A natureza como acontecimento deslumbrante ainda não era um valor assimilado pelas crianças. Entre os seus ocupantes efêmeros da função de destinador não havia destaque especial para os entusiastas do mundo natural. Os argumentos dos pais ("é daí que a gente veio") estavam distantes dos aumentos de poder e energia (*power ups*) que, aí sim, lhes trariam algum benefício a curtíssimo prazo. Afinal, eles só queriam estar aptos a vencer a próxima fase do *videogame* que os esperava em casa.

Importa observar ainda que na pergunta quase irritada de um dos filhos ("é só um monte de mato! Que que tem?!") já existe uma das exigências comentadas para se reconhecer um acontecimento como tal. Mesmo que não compreenda o arranjo integral dos valores contidos no evento, o sujeito (criança ou adulto) precisa dispor de alguma familiaridade com parcela desses valores que, de um jeito ou de outro, lhe chame a atenção. Ainda que não sinta a energia e o ritmo que emanam da relação entre morros, vegetação, cachoeira e aves, num entrosamento dinâmico que só pode ser percebido do topo da montanha, o sujeito que se impressiona apenas com cachoeiras ou com aves de grande porte, por exemplo, já se mostra sensível para captar o arranjo global dos valores típicos do acontecimento, mesmo que isso não ocorra imediatamente – é o tempo do espanto, de absorção do inesperado. No caso relatado por Prata, contudo, as crianças não veem nada que lhes pudesse causar tanto deslumbramento e, sintomaticamente, cobram do adulto que explique o fenômeno, ou seja, que formule a resolução do impacto sentido. Afinal, o acontecimento se completa com a simples possibilidade de expansão explicativa do conteúdo emocional. Essa possibilidade é o sinal mais evidente de que há um destinador avalizando a apreensão envolvida do fenômeno, algo que ainda falta na experiência infantil. O pai tenta balbuciar algumas frases, mas soam sem sentido. Logo percebe que os valores da natureza, tão festejados entre adultos, nem são valores para as crianças.

Antonio Prata, na condição de enunciador, termina por confessar que sente alguma admiração – transparecendo também certa dose de inveja – por esses sujeitos mirins: em troca de vantagens momentâneas nas suas aventuras virtuais, eles elegem como destinadores os tais dispositivos eletrônicos e ainda se permitem fazer pouco caso dos valores associados à hoje prestigiadíssima natureza:

Pensando bem, não deixa de ser uma postura admirável: um baita sol iluminando as montanhas da Mantiqueira, cachoeiras jorrando, tucanos voando e você podendo se dar ao luxo de jogar Mario Kart por seis horas seguidas, esnobando a finitude, o tempo, a morte. Chuuupa, natureza![18]

Como todo sujeito, passional e ativo, as crianças são também destinatárias, dotadas de uma competência em formação, mas que, até certo ponto, já fazem suas escolhas neste mundo cada vez mais repleto de atores e figuras com alto poder de persuasão. São esses agentes que ocupam com certa facilidade a função de destinador transcendente, graças a sua capacidade de manusear conteúdos internos e externos ao universo infantil, propondo sempre arranjos inéditos dos valores já incorporados pelas novas gerações. Essa variedade de ocupantes da citada função nessas fases iniciais da vida dos indivíduos sempre existiu, com maior ou menor controle dos seus genitores diretos, em todas as sociedades, mas nada se assemelha ao que ocorre hoje em dia. A velocidade dos avanços eletrônicos fez surgir destinadores de formas e conteúdos só compreensíveis no interior do mundo digital, o que beneficia claramente os que já nasceram nesse mundo. Assim, não sabemos mais até quando os pais ocuparão a última instância do papel de destinador diante de seus filhos. Na área técnica, é comum assistirmos às inversões de papéis: as crianças (destinadores precoces) ensinam os pais (destinatários tardios) a mexer nos aparelhos e nos novos aplicativos.

Epílogo

Pelo que vimos, há muito que explorar na função actancial do destinador e no seu estatuto transcendente. Ela não apenas garante a

18. *Idem.*

continuidade do sujeito rumo ao seu objeto, mas também abastece a sua trajetória narrativa com valores ainda não assimilados no universo imanente do texto (daí o sentido de transcendente). Com esses elementos, o destinador fortalece o ponto de vista adotado pelo destinatário-sujeito, tornando-o sensível[19] aos valores do objeto que ecoam seus afetos e sua visão de mundo. Mostramos aqui que boa parte dessas características narrativas se mantém no caso do acontecimento imprevisto, mas também que esta imprevisibilidade é mitigada pelo reconhecimento no seu interior de valores avulsos transmitidos ao sujeito por algum de seus destinadores. Esse sujeito se sente atraído por esses valores parciais, mesmo que ainda não compreenda integralmente o seu novo arranjo com os demais conteúdos no âmago do fenômeno inesperado. O fato de o sujeito captar no acontecimento algumas remissões ao seu ponto de vista, formado pelas argumentações convincentes de um destinador, já é o bastante para despertar e, por vezes, aumentar a sua atenção à nova experiência. Como diz Muniz Sodré, "atenção supõe afeto e confiança na fala do outro"[20]. Esse outro, no caso, é aquele que persuadiu o sujeito com suas alegações discursivas.

Realmente, a primeira apreensão do sujeito de algo que lhe chama a atenção parece ser de natureza afetiva, e talvez o seja, mas só o fato de haver um destinador pressuposto assegurando a existência desse impacto inicial já nos faz considerar que não se trata de pura intensidade. No fundo, o sujeito apreende ao mesmo tempo uma iminência de resolução, o que não deixa de ser mais

19. A rigor, é o ator ocupante da função de sujeito que se torna sensível a determinados valores. Os actantes são apenas categorias sintáxicas anteriores aos investimentos semânticos e sensíveis. Mas estamos evitando aqui o excesso de protocolos semióticos no caso em que o contexto já esclarece o sentido.
20. Muniz Sodré, "Descaminhos da Atenção", *Folha de S.Paulo*, p. 2, 15 out. 2023.

um sinal de sua cumplicidade com o destinador. É deste actante que decorrem as explicações atenuadoras da comoção original. Diríamos, no jargão semiótico, que o auge da intensidade só é devidamente assimilado quando está prestes a se transformar em extensidade. E é essa transição que se configura na segunda parte da definição de acontecimento dada pelo dicionário francês: "... o que tem importância para o homem". Se o fenômeno não atingir esse nível de acolhimento na apreensão do sujeito, respaldado pelo destinador, não podemos considerá-lo um acontecimento na acepção semiótica do termo. Aliás, não é raro, nesses casos, que o fato seja imperceptível ao sujeito.

Nossa história de vida e nossa compreensão afetiva do mundo e dos outros seres humanos procedem dessa relação ininterrupta entre destinador e destinatário-sujeito, em constante processo de persuasão e instrução que nos permite formar um ponto de vista sobre os valores que nos rodeiam. Tais categorias actanciais recebem os mais variados investimentos semânticos (atores, figuras, situações etc.) ao longo de nossa existência, mas nunca deixam de atuar como determinação sintáxica. Um ator que desempenha a função de destinatário numa dada circunstância pode exercer o papel de destinador em outra. Quando falamos de "vários destinadores", em geral nos referimos a "vários atores" ocupando a mesma função de destinador. O que não pode faltar, no nosso entender, é a relação sintáxica entre esses actantes. Dessa relação depende a formação intelectual e afetiva de todos os seres humanos.

Podemos observar uma separação quase didática entre destinador e destinatário nos discursos folclóricos analisados por Propp – ou mesmo por Greimas, quando lançava as bases narrativas da teoria semiótica –, contrapondo-se ao sincretismo dessas funções no âmbito dos personagens mais complexos dos textos literários modernos e contemporâneos. Pois podemos notar a mesma divisão entre essas categorias na fase inicial de nossa história de vida – pais (destinadores) e filhos (destinatários) – em contraste com a fusão dessas funções e multiplicação de seus atores no decorrer de nossa vida adulta. Ficamos com a impressão de que, com o tempo, deixamos de ser destinatários dos valores culturais que formam nossos principais pontos de vista ou que aprendemos a conquistá-los sem a colaboração dos outros. É mais provável que tenhamos interiorizado as atuações persuasivas dos numerosos ocupantes da função de destinador no decurso de nossa existência e que já saibamos, a partir delas, reconhecer e avaliar os valores investidos nos objetos e acontecimentos.

Algumas Conclusões

A semiótica tensiva prevê, em seus princípios gerais, dois tipos de correlação entre intensidade e extensidade. O primeiro é concebido como correlação *conversa*, quando o aumento da intensidade corresponde igualmente a um aumento da extensidade. Quanto maior a tonicidade, por exemplo, mais amplo o seu campo de abrangência ou sua duração no terreno da extensidade. O segundo tipo surge como correlação *inversa*, e assim podemos defini-la: quanto maior a intensidade, menos expansiva a extensidade ou, ainda, quanto maior a intensidade, maior a concentração da extensidade e, portanto, maior a densidade de presença do conteúdo em foco.

Embora ambos os tipos de correlação possam ser propostos por manterem certa complementaridade lógica entre si, não cremos que a correlação conversa chegue a se manifestar, pelo menos com alguma exclusividade, nas enunciações ou nos processos dinâmicos do discurso. Ao aprofundarmos as análises, quase sempre deparamos com a correlação inversa, talvez pelo fato de ser próprio do acento afetivo incidir sobre uma região delimitada do conteúdo.

De todo modo, essa presença bem mais frequente da correlação inversa nos textos ainda constitui um mistério que já intrigou o próprio Zilberberg:

> [...] análises concretas [...] mostram que a correlação inversa, talvez por estar em conformidade com um princípio de finitude, que seria a assinatura do ser humano, prevalece amplamente sobre a correlação conversa, que condiz com a utopia[1].

O primeiro capítulo deste volume é dedicado a essa questão, na medida em que constata a participação da correlação inversa na maioria dos casos de expressão do pensamento mítico examinados por Ernst Cassirer. A noção de sagrado é sempre um caso de acentuação afetiva, intensa, que produz uma triagem ou uma concentração no interior do mundo profano ou extenso. Articula, portanto, uma correlação inversa, que não precisa estar associada a um contexto religioso nem mesmo a valores necessariamente eufóricos. Como vimos, o sagrado refere-se bem mais à prática geral de "acentuação da existência" exercida por certas comunidades (atuais ou antigas) que desconhecem (ou não empregam) os modelos sistemáticos de reflexão que geraram a filosofia ou a ciência dos nossos dias. Esse acento, além de ter origem afetiva e fiduciária, sempre contou com nossa língua natural e com algumas formas artísticas para conservar o que podemos chamar de intuição mítica dos povos. Cassirer chama a atenção para o fato de que o advento do discurso científico acrescentou ao nosso modo de pensar um

1. "[...] les analyses concrètes [...] montrent que la corrélation inverse, peut-être parce qu'elle est conforme à un principe de finitude, qui serait la signature de l'humain, prévaut largement sur la corrélation converse qui convient à l'utopie" (Claude Zilberberg, *La structure tensive*, p. 44).

tipo especial de racionalidade e metodologia, fundamental para a evolução humana, mas que nunca chegou a abolir o "espírito objetivo" adquirido pela crença nos valores míticos destacados diretamente da nossa vivência. Ou seja, o pensamento construído por um discurso regrado e difuso não elimina a consciência mítica formada por acentos que distinguem os focos afetivos no interior dos fatos menos relevantes (ou profanos).

Conhecer o mundo através dos acentos míticos é levar em conta nossa capacidade de julgar o conteúdo a partir de quantificações subjetivas distantes da precisão numérica, mas muito próximas da compreensão comunitária. Cientistas, religiosos ou leigos de maneira geral, todos nós praticamos, de forma ostensiva ou silenciosa, o pensamento mítico baseado na acentuação de alguns valores em detrimento dos demais. Pode-se dizer que até mesmo os modelos teóricos estão sujeitos à apreciação mítica dos seus usuários por se mostrarem mais eficazes, mais rendosos, mais promissores ou, ao contrário, à depreciação mítica por não merecerem nenhuma acentuação ou ainda por simplesmente não despertarem a empatia dos principais estudiosos da área. Em outros termos, os cientistas "gostam" mais de uma teoria do que de outras, sejam quais forem as suas justificativas.

Essa universalidade espacial e temporal da consciência mítica, interagindo com uma profusão de outras formas específicas de pensamento, reforça a necessidade de compreensão analítica das etapas de formação do acento de conteúdo, bem como das características das modulações que o precedem e sucedem, tanto nos textos de predominância lógica quanto nos mais emotivos. A combinatória dos incrementos tantas vezes solicitada nos capítulos deste livro nos parece dar o primeiro passo para, enfim, mensurarmos valores no âmbito da subjetividade ou, em outras palavras, tratarmos a imprecisão quantitativa típica das apreciações humanas com a precisão linguística que desfruta enorme consenso no âmbito da comunidade. Um exemplo banal pode esclarecer do que estamos falando, ainda que num contexto bastante singelo. Qualquer falante do português do Brasil compreenderia com exatidão as expressões que indicam progresso na recuperação de um estado de saúde: *1*. [alguém] está muito mal; *2*. já não está tão mal assim; *3*. vem apresentando melhoras; *4*. sarou!; *5*. está vendendo saúde. São medidas detalhadas, cujo entendimento só depende do consenso linguístico: *1* e *2* traduzem a recuperação ainda num plano negativo, entre *somente menos* e *menos menos*, enquanto *3* e *4* já introduzem a saúde numa faixa positiva, entre *mais mais* e *somente mais*; se no exemplo *4* o *somente mais* aparece como "plenitude", no exemplo *5*, já sentimos o mesmo *somente mais* como "saturação", na iminência de convocar a "atenuação" do *menos mais*. E assim por diante. Para além de seus conteúdos específicos no campo semântico da saúde, essas cinco expressões também funcionam como medidas subjetivas descrevendo a formação gradual de um acento que só se define completamente no ápice do restabelecimento de um processo de cura, nas expressões *4* e *5*.

O interesse por essa graduação do acento, apresentada aqui num exemplo apenas didático, está no fato de podermos identificar as fases em que se encontram uma grandeza ou um determinado conteúdo no espaço tensivo construído pelo texto. Sempre a partir de um critério definido pelo enunciador, precisamos compreender ao menos se nosso objeto de estudo está num processo ascendente em direção ao acento ou, ao contrário, se ele decresce em direção ao *somente menos*, quando não se dispersa no campo da extensidade perdendo o engajamento afetivo do seu próprio criador. E muita coisa ocorre entre os pontos extremos do acento e do inacento. A ascendência, justamente por buscar o destaque de um conteúdo, não deixa de revelar ao mesmo tempo o compromisso afetivo do enunciador com o aumento brusco ou gradativo das modulações pré-acentuais: cresce a intensidade e, ato contínuo, adensa-se a extensidade. Trata-se da mais genuína correlação inversa que provavelmente esteve presente na formação dos valores sagrados próprios da consciência mítica e das triagens nossas de cada dia nascidas dos acentos de conteúdo. A descendência, por tentar traduzir o teor do impacto acentual em termos lógicos ou racionais, costuma atenuar o envolvimento emocional do enunciador com o conteúdo em nome de explicações que envolvem interfaces entre diferentes universos de discurso e associações de ideias, tudo com o propósito de explicitar a possível razão inscrita no acento inicial. Essas modulações pós-acentuais, quando exitosas, acabam gerando novos acentos em outras regiões do conteúdo analisado, desencadeando assim novas ascendências. Arriscam-se, porém, a ingressar numa área rarefeita da extensidade, desprovida de acentos, onde o sentido tende a dissipar-se na interminável mistura da mistura.

Entre outras coisas, "O Acento Mítico na Semiótica" constata que ter o afeto como medida faz da consciência mítica tanto um parâmetro geral para a identificação dos elementos acentuados de uma cultura quanto um modo natural de convivência com outras formas de pensamento, sem impedir que todas se desenvolvam.

* * *

O ritmo do movimento silábico saussuriano, fundado no aumento e na diminuição da abertura fônica, bem como nos limites acústicos demarcados pelo ponto vocálico (abertura máxima) e pela fronteira silábica (oclusão e nova abertura sonora), foi o principal conceito que inspirou o ritmo incremental zilberberguiano, igualmente baseado nas direções ascendente e descendente das quantificações subjetivas e nos limites definidos como *somente mais* ou *somente menos*.

O encadeamento silábico de Saussure prevê quatro combinatórias entre as funções de implosão (>) e explosão (<) da sonoridade fônica. Além do ponto vocálico (< >), que marca a passagem do aumento da abertura para a sua diminuição, e da fronteira silábica (> <), responsável pelo encontro do fechamento do som com a sua reabertura, ainda temos o elo explosivo (< <), que perfaz a abertura gradual da sonoridade vocálica, e o elo implosivo (> >), que traduz o declínio também gradual da abertura anterior. Do mesmo modo, o modelo incremental prevê as combinatórias *menos menos* e *mais mais* para graduar a ascendência e as combinatórias *menos mais* e *mais menos* para a direção descendente. As funções silábicas e as funções incrementais apresentam de maneira didática suas respectivas matrizes cíclicas. O silêncio vai ganhando sonoridade no encadeamento silábico e quando este atinge o máximo da abertura fônica, começa necessariamente a regredir até desembocar numa oclusão ou em novo silêncio, e assim por diante. No modelo intensivo do conteúdo, a ascendência do *mais* vai ganhando força até se definir como o ápice de um acento; se houver ultrapassagem dessa medida, causando saturação, a tendência natural é a atenuação do processo e o seu enfraquecimento acentual em direção à dispersão e ao inacento.

Mas tanto as sílabas, no plano da expressão, como os incrementos, no plano do conteúdo, podem quebrar o ritmo cíclico dos aumentos e das diminuições ou, se preferirmos, da ascendência e da descendência. Um vocábulo (ou uma frase fônica) pode ter início na abertura máxima da soante "a", assim como um acontecimento fenomenológico ou discursivo pode se manifestar já no topo do acento de sua significação, omitindo, assim, as respectivas fases de ascendência gradual. O importante é saber que, havendo omissão de fases, temos a aceleração do processo. E vice-versa, as etapas tornam-se mais perceptíveis quanto mais alentecemos as manifestações, tanto no decorrer dos encadeamentos das sílabas como durante a tonificação ou o declínio do acento.

É justamente essa desaceleração das etapas pressupostas na constituição do acento que nos permitiu conceber um *acento analítico*, uma espécie de ponto culminante que deixa transparecer sua estrutura de construção. Temos certa experiência com o acento sintético, aquele que se destaca de tudo que está em seu entorno. No plano de expressão, é a nota que acumula mais intensidade, mais altura e até mais duração. No plano do conteúdo e fazendo uso de uma metáfora cassireriana, é a "intensa luminescência"[2] que quase invisibiliza a luz uniforme que paira sobre a lógica habitual dos esclarecimentos discursivos. O acento analítico do conteúdo nos permite distinguir suas fases de formação (restabelecimento → recrudescimento) e, após o ápice, sua rápida ou lenta diluição (atenuação → minimização). Tais fases são importantes para entendermos que os acentos decorrem das apreciações realizadas pelo ser humano e por sua comunidade ao longo dos tempos e que elas oscilam entre o *mais* e o *menos* toda vez que postas à prova num discurso específico. Mas essas apreciações já foram tema do capítulo seguinte.

* * *

2. Ernst Cassirer, *Linguagem e Mito*, p. 108.

A modulação é outro conceito que, assim como o acento, procede do plano da expressão. Ela é antes de tudo um movimento de passagem entre acento e inacento – e vice-versa. No plano do conteúdo, a modulação intensiva direciona-se ao acento e, nesse ato, concentra e adensa a extensidade numa espécie de escolha afetiva. Pode ser também chamada de modulação pré-acentual. Quando toma a direção contrária, descendente, afastando-se do acento e tentando desenredá-lo com argumentos racionais, temos a modulação pós-acentual. Ambas respondem pela formação do sentido, mais sensível no primeiro caso, mais inteligível no segundo.

Este terceiro capítulo já traz uma pequena amostra do que será visto depois, mais detidamente, no quinto: o acento é a forma exemplar da intensidade e esta última é a expressão analítica do sensível[3]. As quantificações subjetivas que culminam no acento são fases de uma apreciação do conteúdo analisadas como impulsos afetivos correspondentes aos que conduzem no plano da expressão os contornos entoativos ascendentes da prótase. Essas fases progressivas, típicas da modulação pré-acentual, como *menos menos* → *mais mais* → *somente mais*, já trazem, cada qual, um *quantum* de aprovação sensível que descreve o desenvolvimento da prosodização do conteúdo.

No modelo narratológico da semiótica, por exemplo, o objeto é um actante decisivo na mobilização do sujeito em sua direção. Ele é "o lugar de investimento dos valores [...] com os quais o sujeito está em conjunção ou em disjunção"[4]. Mas, ao ser reconhecido como tal, o conceito de objeto deixa entender que seus valores já foram devidamente acentuados por apreciações anteriores e que,

3. Claude Zilberberg, "Esquisse d'une grammaire du sublime chez Longin", p. 104.
4. Algirdas Julien Greimas e Joseph Courtés, *Dicionário de Semiótica*, p. 347.

portanto, sua simples presença já traz a marca da *junção* com um sujeito interessado pelos mesmos valores. Se o seu estado atual for de disjunção, inicia-se um processo narrativo pragmático em busca de conjunção. Do ponto de vista tensivo, inicia-se a formação de novo acento afetivo que parte do chamado sentimento de falta (*somente menos*), passa pelas etapas de restabelecimento (*menos menos*) e recrudescimento (*mais mais*) do vínculo, até atingir o ápice do sentimento de plenitude conjuntiva (*somente mais*). Todas essas fases são passíveis de apreciação e todas são inerentes ao processo de enunciação. Neste exemplo narratológico, é comum que o acento final coincida com a sanção (pragmática e cognitiva) greimasiana e que as próprias figuras da prova glorificante ou do enaltecimento do herói confirmem a consolidação do acento como ponto culminante da trajetória narrativa. Resta dizer apenas que, pelo enfoque tensivo, a noção de *somente mais* nem sempre indica "plenitude", ou final de um processo. Muitas vezes esse conceito corresponde à "saturação" do encontro e, nesse caso, pede atenuação do excesso de "*mais*" (*menos mais*), o que dá origem a um declínio acentual e ao mesmo tempo afetivo.

O acento pode incidir sobre um sentimento de plenitude, mas também sobre uma descoberta, um aforismo, um acontecimento ou uma simples pergunta. Associar o acento apenas ao inesperado é reduzir consideravelmente a sua função no decorrer de uma vida. Mostramos no terceiro capítulo que a melhor definição do acento de conteúdo está na paráfrase do aforismo valeriano: "o mundo vale pelos acentos e dura pelas modulações". Passamos a maior parte da vida em modulação, mas o que importa nessa fase de passagem são as direções adotadas. A direção ascendente une alta tonicidade com adensamento da extensidade, o que a conduz ao acento da significação. A direção descendente combina perda de tonicidade com difusão da extensidade, em direção à dispersão ou ao inacento. No campo da euforia, é a primeira direção que faz jus ao acento, e é por ele que o mundo passa a valer a pena… ou, pelo menos, é de acento em acento que o mundo se torna memorável. Isso não impede que passemos a maior parte de nossa existência nas modulações pré-acentuais (contraindo a extensidade) ou pós-acentuais (expandindo a extensidade). Interessante notar, porém, que mesmo quando o discurso expande os seus argumentos buscando uma coerência lógica, é comum – e desejável no plano da enunciação – que se formem novos embriões acentuais e, portanto, novos envolvimentos afetivos transformando a expansão em contração da extensidade. É quando se passa diretamente da modulação pós-acentual para a modulação pré-acentual, sem que haja um esvaziamento do sentido.

* * *

Esse modelo semiótico que vimos articulando a partir da combinatória dos incrementos contou com forte influência do quase esquecido estudo do encadeamento silábico realizado por Saussure. Claude Zilberberg conseguiu transformar a sintaxe em miniatura descrita pelo grande linguista numa sintaxe intensiva que regula o aumento e diminuição dos valores subjetivos implicados numa determinada região do conteúdo humano. O semioticista trouxe ainda como referência as noções de prótase e apódose, muito conhecidas na retórica, para comparar as elevações e declínios entoativos praticados em nossa fala cotidiana, como as direções, ascendente e descendente, conduzidas pelas modulações que precedem ou sucedem os acentos de sentido. Cremos ter deixado claro no quarto capítulo que o modelo teórico envolvendo os incrementos adquire uma função mais central na semiótica quando o introduzimos na instância enunciativa como um instrumento flexível de apreciação do sentido: impreciso pela quantificação não numérica, mas perfeitamente inteligível pelo consenso linguístico e comunitário. Esse grau de generalidade nos permite conceber esse modelo como uma *prosódia fundamental*, algo como uma gramática tensiva profunda que regula os limites acentuais e as transições modulatórias do conteúdo.

Mais do que tudo, essa prosódia dialoga, no nosso entender, com a *prosódia vocal*, bem mais concreta e presente em nossa vida corriqueira por ser responsável tanto pelo encontro das unidades linguísticas com suas inflexões entoativas no discurso oral quanto pelas relações entre melodia e letra nas canções midiáticas. Ambas as prosódias tiveram origem nos parâmetros que manifestam nossos afetos no plano da expressão da linguagem, especialmente nas noções básicas de acento e modulação. Não há discurso oral sem condução melódica, ascendente ou descendente, indicando impulso, desejo, dúvida, convicção ou comoção de quem fala, pela simples aproximação ou afastamento do acento principal da frase ou da passagem emitidas. O mesmo vale para a canção, com sua melodia bem mais estabilizada pela ação musical, o que gera outros tipos de compatibilidade com a letra, como a *tematização* e a *passionalização*, conceitos reapresentados ao longo do capítulo.

Os acentos que nos ajudam a apreender as direções melódicas no plano da expressão são os mesmos que regem nossa compreensão e apreciação dos assuntos relevantes (acentuados) no plano do conteúdo, igualmente numa escala hierárquica ascendente ou descendente. Hoje podemos dizer que a prosódia fundamental oferece metodologia básica para se avaliar o sentido gerado por diversas linguagens atuantes em nossas culturas, incluindo a língua oral e a canção. É interessante notar que essas duas últimas, manifestantes da prosódia vocal, ofereceram seus elementos acentuais e modulatórios para a concepção abstrata da prosódia fundamental, cujas categorias e articulações permitem agora analisá-las.

* * *

Examinamos, no quinto capítulo, a forma do acento e da modulação na linguagem utilitária e na linguagem artística. Comparamos a dinâmica de interação entre intensidade e extensidade numa enunciação discursiva específica (uma coluna jornalística) com a mesma relação num contexto artístico de composição de marchinha carnavalesca. Ambas as linguagens formulam seus acentos e modulações, mas mantêm suas maneiras particulares de definir esses conceitos. Nossa comunicação em linguagem oral só faz uso do plano da expressão como materialização efêmera do que se constrói no plano do conteúdo. A intenção final é sempre transmitir sentidos abstratos. No caso da canção midiática, a materialização tende a ser permanente. O conteúdo transmitido depende da preservação do que foi materializado no campo auditivo do plano da expressão. Por isso, o elemento acentuado na linguagem utilitária é abstrato (simbólico, conceitual...), enquanto, no domínio da canção, o acento incide sobre trechos melódicos acompanhados de frases linguísticas, ambos fixados como material sonoro a ser repetido sem alteração significativa (refrãos ou motivos recorrentes).

O que não apresenta muita diferença nas duas áreas é o vínculo afetivo associado ao acento, noção que se manifesta no ápice da modulação pré-acentual, e o esforço de racionalidade associado à resolução e ao desdobramento do conteúdo durante a modulação pós-acentual. Isso tudo pôde ser verificado em nossos comentários sobre a coluna jornalística e a marchinha carnavalesca, por mais distintos que se mostrassem os seus modos de organização do sentido.

Dois aspectos de interesse para a continuidade da pesquisa podem ser destacados dessa investigação.

1. A comparação das linguagens (utilitária e cancional) mostra com mais detalhamento a presença direta da prosódia vocal nos princípios da prosódia fundamental. Vimos, por exemplo, como os recursos retóricos (prótase e apódose) da canção carnavalesca estão imbricados na semiótica do *mais* e do *menos*.

2. Torna-se cada vez mais claro o processo circular entre modulação pré-acentual e modulação pós-acentual. Para evitar a saturação do acento convém que se desencadeie o *menos mais*, ou seja, a atenuação, já que sua função é justamente a de distensionar o impacto acentual afetivo em nome da ampliação do grau de inteligibilidade do conteúdo em foco. Pela correlação inversa entre as dimensões, trata-se da diminuição da intensidade casada com o aumento do campo extensivo, onde ocorrem as interações e as misturas dos temas considerados. Acontece que reduzir a força do acento significa reduzir também a densidade de presença, peculiar à concentração da extensidade, abrindo espaço para uma expansão desenfreada do conteúdo lógico e um distanciamento cada vez maior dos laços afetivos ligados ao acento. Por isso, há outro recurso, tanto na linguagem utilitária como na cancional, que impede a ameaça típica da dispersão pós-modulatória, criando novos embriões de acento no decorrer do desenvolvimento discursivo (ou da segunda parte, no caso de uma canção). É quando a linguagem verbal, durante as explicações, lança ideias que provocam imediato sentimento emotivo no enunciatário e inverte, assim, o caminho da modulação que passa a se concentrar na formação de novo

acento. É quando, do mesmo modo, a melodia da segunda parte de uma canção dá indícios de que o refrão está prestes a voltar... Ao permanecer tempo demais sem acentos afetivos, a modulação pós-acentual perde porção significativa do sentido, pois tende a se distanciar do mundo emotivo do ser humano.

* * *

Conforme temos repetido do decorrer deste trabalho, a semiótica tensiva baseia-se no conceito de acento, que, por sua vez, se apresenta como medida subjetiva para avaliarmos a intensidade do afeto manifestada por uma linguagem determinada. Essa constatação abre perspectivas para retomarmos alguns princípios da enunciação, tema pouco visitado por Claude Zilberberg em suas reformulações teóricas.

Nosso sexto capítulo relembra que o instigante artigo de Greimas sobre enunciação, redigido para a sua primeira palestra no Brasil e publicado em seguida no número inaugural da revista *Significação*, já trazia elementos para se pensar no que há de subjetivo num processo de enunciação, mesmo quando se trata de simples verificação factual. A própria noção de "verdade", pressuposta pelas frases afirmativas, pode ser, segundo o texto do semioticista, "mais ou menos verídica" (já usando os incrementos...), o que supõe uma apreciação do enunciador ao "medir" a credibilidade do que foi dito. Interessante que, em vez de apreciação, Greimas usa, com o mesmo sentido, os termos "avaliação" e "estimação". Este último, repetido algumas vezes, reúne em si as ideias de "cálculo" (estimativa) e "afeição" (estima), os principais ingredientes da modulação pré-acentual.

Pois a presença do sujeito da enunciação no discurso envolve sempre dosagem de intensidade em articulação com o adensamento ou a difusão da extensidade, ou seja, estimação de conteúdo por meio dos acentos e das modulações. Os efeitos dessa enunciação tensiva sobre os conhecidos modos de existência semiótica (realização, potencialização, virtualização e atualização) podem ser observados sob três aspectos metodológicos da teoria: *1.* os quatro modos de existência são instituídos simultaneamente durante o ato de discursivização; *2.* integram-se num percurso de memorização (realização → potencialização → virtualização) ou num percurso de execução (virtualização → atualização → realização); *3.* todos os modos apresentam uma dimensão tônica em constante oscilação com a dimensão átona.

Uma realização tônica, inesperada e impactante, é suficientemente marcante para gerar potencialização também tônica, com grande "potência" para ingressar no paradigma virtual como conteúdo prestigiado pelo sujeito. Tal acentuação dos modos incita a memória do ator a reviver a experiência como programa narrativo de base (tônico), no modo da atualização, até atingir nova realização que provavelmente já não terá o mesmo impacto. Por outro lado, vimos que a memorização das experiências átonas também é potencializada, no sentido de adquirir uma condição latente (um potencial) que também se acomoda no sistema virtual sem o mesmo ímpeto de produzir nova atualização (o que não significa que não a produza incessantemente). Nossas práticas automatizadas são exemplos de assimilações átonas que, de todo modo, são reativadas até para garantir nossa sobrevivência (ex: habilidades físicas, condução de automóveis ou mesmo uso da língua).

O fato de haver simultaneidade dos quatro modos de existência num ato enunciativo não significa que o discurso deixe de focalizar apenas um deles quando se reporta a um conteúdo mais abstrato ou mais concreto. Há, porém, um vínculo temporal pelo qual um modo convoca o outro por lembrança da junção passada ou por esperança de uma junção futura. E o sujeito da enunciação está sempre transitando entre ambas.

* * *

O destinador é talvez o actante mais complexo proposto pela semiótica de Greimas. Como agente manipulador de um destinatário-sujeito, exerce função incoativa: transfere ao seu actante complementar as modalidades necessárias para lhe dar competência factitiva e, principalmente, os valores que vão caracterizar sua visão de mundo. Como agente julgador, exerce função terminativa ao sancionar, positiva ou negativamente, o destinatário-sujeito que conclui sua trajetória narrativa.

Em diversas passagens, contudo, Greimas aprofunda o conceito de destinador, inserindo-o num domínio transcendente, ou seja, para além dos dados e funções imanentes ao discurso narrativo. O destinador transcendente não apenas provê o seu destinatário com valores descritivos e modais, mas também pode estabelecer com ele uma comunicação participativa, pela qual ambos passam a partilhar os mesmos valores vindos de outros universos de discurso. É este actante, portanto, que abre o discurso para novas esferas de conteúdo sem perder o liame semiótico com o sujeito da enunciação.

A noção de destinador julgador, ou terminativo, já foi descrita e ampliada nos capítulos anteriores, em especial no terceiro, quando tratamos da apreciação do sentido como um ato de natureza enunciativa indispensável para reconhecermos a formação de um acento afetivo e mesmo o seu declínio em meio às misturas de conteúdo promovidas pela modulação pós-acentual. Chegamos a constatar que não há sentido completo sem a participação de uma instância apreciativa, o que, como vimos, se tornou tecnicamente viável pelo auxílio das combinatórias dos incrementos.

Mas é no destinador incoativo que encontramos os elementos fundamentais para entendermos a força transcendente desta função actancial. Além das sobremodalizações que transformam o destinatário em sujeito de uma ação narrativa, o destinador transcendente responde também pelo aumento da sensibilidade deste sujeito no sentido de captar valores quase ocultos, mas que lhe são pertinentes, no surgimento inesperado do acontecimento. É como se o destinador equipasse o destinatário-sujeito com instruções de reconhecimento dos fenômenos por alguns de seus traços sutis, que mal seriam notados se não houvesse capacitação prévia. Em outras palavras, nem tudo é inesperado no acontecimento extraordinário. Aliás, tomamos como questão inicial do sétimo capítulo o fato de um mesmo fenômeno ser considerado impactante para alguns e indiferente, ou até inexistente, para outros. Assim como o sujeito narrativo reconhece o seu objeto de busca pelos valores que o acentuam e o destacam das demais grandezas do mundo, sendo que essa "valorização" é o resultado das ações persuasivas de um destinador de sua confiança, o sujeito surpreendido pelo que chamamos de acontecimento extraordinário também só o distingue como tal se conseguir vislumbrar em seu cerne valores avulsos, ou parte deles, que já lhe foram transmitidos por um de seus destinadores (são muitos) ao longo da vida.

Mas reconhecer os valores afetivos acentuados num determinado acontecimento depende ainda de algum sinal da possibilidade de sua resolução inteligível numa etapa subsequente, sinal esse que evidencia a influência prévia do destinador transcendente sobre o destinatário-sujeito, sobretudo em sua capacidade de leitura de valores "estranhos" ao seu mundo original. Pode-se dizer que é um pouco depois do impacto afetivo causado pelo acontecimento e um pouco antes de sua conversão em resolução intelectiva que o sujeito se mostra atônito. Em outras palavras, a simples possibilidade de compreensão posterior de um fenômeno aparentemente inusitado já desperta no sujeito um nível de atenção que favorece o seu imediato envolvimento afetivo. Algo como "isso é novidade, mas já me diz muito!"

Caso inexistisse esse destinador ampliado, capaz de preparar o destinatário-sujeito para identificar tais valores pertinentes e até de abastecê-lo com valores desconhecidos (ou transcendentes), sequer teríamos a noção de acontecimento extraordinário.

* * *

Por fim, as definições de base deste volume. A tonicidade é um *quantum* que define o grau de intensidade afetiva investido num determinado conteúdo. Ela é crescente na modulação pré-acentual e decrescente na modulação pós-acentual, quando o discurso se encarrega de traduzi-la em termos racionais. Já o acento de conteúdo, assim como o ponto vocálico no encadeamento silábico, é uma forma que contém o máximo de tonicidade prevista para uma grandeza ou um fenômeno qualquer e que vislumbra como continuidade a conversão necessária do clímax emotivo em resoluções inteligíveis. O acento e seus traços essenciais ressurgem também durante a expansão discursiva da resolução. Isso ocorre sempre que, em meio à difusão lógico-argumentativa dos textos, captamos núcleos de sentido que concentram a extensidade em temas que despertam o nosso interesse ou, se preferirmos, a nossa estima (o prazer de uma ideia). Tais núcleos são tonicidades que tendem à formação de novos acentos afetivos e, na sequência, novas modulações resolutivas. Quando em discurso, o acento de conteúdo é o elo de comunicação recíproca entre intensidade e extensidade, principais dimensões da semiótica tensiva.

Referências Bibliográficas

Bachelard, Gaston. *A Dialética da Duração*. São Paulo, Ática, 1988.

Brelet, Gisèle. *Le temps musical: essai d'une esthétique nouvelle de la musique*. Paris, PUF, 1949, 2 vols.

Bucci, Eugênio. "Amantes Tardios". *O Estado de S. Paulo*, 1º Caderno, 2 jun. 2022.

Campos, Haroldo de. *O Arco-Íris Branco*. São Paulo, Imago, 1997.

Cassirer, Ernst. *A Filosofia das Formas Simbólicas II*. São Paulo, Martins Fontes, 2004.

____. *A Filosofia das Formas Simbólicas III*. São Paulo, Martins Fontes, 2011.

____. *Antropologia Filosófica*. São Paulo, Mestre Jou, 1977.

____. *Filosofía de las Formas Simbólicas*. México, Fondo de Cultura Económica, 1998, vol. 2.

____. *Linguagem e Mito*. São Paulo, Perspectiva, 2013.

Castro, Ruy. "Bolsonaro Prepara o Golpe". *Folha de S.Paulo*, 11 jun. 2023.

____. "Profetas do Óbvio". *Folha de S.Paulo*, 28 dez. 2011.

Cicero, Antonio. *Antonio Cicero*. Org. Arthur Nogueira. Rio de Janeiro, Beco do Azougue, 2013.

DaMatta, Roberto. "O Livro como um Milagre". *O Estado de S. Paulo*, Cultura & Comportamento, p. C5, 9 mar. 2022.

____. "O que se Aprende com os 'Índios'?" *O Estado de S. Paulo*, p. C5, 6 set. 2023.

Deleuze, Gilles. *Diferença e Repetição*. 2. ed. Rio de Janeiro, Graal, 2006.

Duvivier, Gregório. "Amigo Pessoal". *Folha de S.Paulo*, Ilustrada, p. C5, 13 abr. 2022.

Fontanille, Jacques & Zilberberg, Claude. *Tensão e Significação*. São Paulo, Humanitas/FFLCH-USP, 2001.

Greimas, Algirdas Julien. *Da Imperfeição*. São Paulo, Hacker Editores, 2002.

____. "L'énonciation (une posture épistémologique)". *Significação. Revista Brasileira de Semiótica*, n. 1, pp. 9-25, ago. 1974.

____. *Sobre o Sentido II: Ensaios Semióticos*. São Paulo, Nankin/Edusp, 2014.

____ & Courtés, Joseph. *Dicionário de Semiótica*. São Paulo, Contexto, 2008.

____. *Sémiotique: dictionnaire raisonné de la théorie du langage*. Paris, Hachette, 1979, vol. 1.

____. *Sémiotique: dictionnaire raisonné de la théorie du langage*. Paris, Hachette, 1986, vol. 2.

____ & Fontanille, Jacques. *Semiótica das Paixões: Dos Estados de Coisas aos Estados de Alma*. São Paulo, Ática, 1993.

Hardy, Christophe. *Les mots de la musique*. Paris, Éditions Belin, 2007.

Hjelmslev, Louis. *Ensaios Linguísticos*. São Paulo, Perspectiva, 1991.

____. *Le langage*. Paris, Minuit, 1966.

____. *Prolegômenos a uma Teoria da Linguagem*. São Paulo, Perspectiva, 1975.

Iaconelli, Vera. "De Volta para o Futuro". *Folha de S.Paulo*, p. B3, 30 jun. 2020.

Lispector, Clarice. *A Paixão Segundo G.H.* Rio de Janeiro, Rocco, 2013.

Parret, Herman. *Le sublime du quotidien*. Paris/Amsterdam, Éditions Hadès-Benjamins, 1988.

Pougeoise, Michel. *Dictionnaire de rhétorique*. Paris, Armand Colin/VUEF, 2001.

Pound, Ezra. *ABC da Literatura*. São Paulo, Cultrix, 1973.

Prata, Antonio. "Chupa, Natureza!" *Folha de S.Paulo*, 15 jan. 2024.

Saussure, Ferdinand de. *Curso de Linguística Geral*. São Paulo, Cultrix, 1971.

____. *Écrits de linguistique générale*. Paris, Gallimard, 2002.

Sodré, Muniz. "Descaminhos da Atenção". *Folha de S.Paulo*, p. 2, 15 out. 2023.

Tatit, Luiz. *Passos da Semiótica Tensiva*. Cotia, SP, Ateliê Editorial, 2019.

____. *Semiótica da Canção: Melodia e Letra*. São Paulo, Escuta, 1994.

Tavares, Maria Hermínia. "Por Trás, uma Ideia de País". *Folha de S.Paulo*, 4 jul. 2024.

Tomás, Navarro. *Manual de Entonacion Española*. México, Coleccion Malaga, 1966.

Valéry, Paul. *Cahiers*. Paris, Gallimard, 1973, t. 1 (La Pléiade).

____. *Cahiers*. Paris, Gallimard, 1974, t. 2 (La Pléiade).

____. *Variedades*. São Paulo, Iluminuras, 1991.

Zilberberg, Claude. "Aspects du mythe dans la *Philosophie des formes symboliques* de Cassirer". 1997. Disponível em: https://www.yumpu.com/fr/document/view/17128889/aspects-du-mythe-dans-la-philosophie-claude-zilberberg.

____. "Défense et illustration de l'intensité". *In*: Fontanille, Jacques (org.). *La quantité et ses modulations qualitatives*. Limoges/Amsterdam/Philadelphia, Pulim/Benjamins, 1992.

____. "De l'affect à la valeur". *In*: Castellana, Marcello (org.). *Texte et valeur*. Paris, L'Harmattan, 2001.

____. "De la nouveauté". Texto inédito, 2002.

____. *Elementos de Semiótica Tensiva*. Cotia, SP, Ateliê Editorial, 2011.

____. "Esquisse d'une grammaire du sublime chez Longin". *Langages*, n. 137, mars 2000 (Paris, Larousse).

____. "La question du modèle". *Cadernos de Semiótica Aplicada – Casa*, vol. 9, n. 2, 2011.

____. *La structure tensive*. Liège, Presses Universitaires de Liège, 2012.

____. "Le schéma narratif à l'épreuve". *Protée*, vol. 21, n. 1, pp. 65-87, 1993.

____. "L'hypothèse tensive: point de vue ou théorie?" *In*: Hénault, Anne (dir.). *Le sens, le sensible, le réel: essais de sémiotique appliquée*. Paris, Sorbonne Université Presses, 2019.

____. "Présence de Wölfflin". *Nouveaux actes sémiotiques*, n. 23-24, 1992 (Limoges, Pulim).

____. *Razão e Poética do Sentido*. São Paulo, Edusp, 2006.

____. "Relativité du rythme". *Protée: théories et pratiques sémiotiques*, vol. 18, n. 1, 1990 (Chicontimi, Département des Arts et Lettres de l'Université du Quebec).

____. "Remarques sur l'assiette tensive du rythme". *In*: Ballabriga, Michel & Mpondo-Dicka, Patrick (dir.). *Rythme, sens et textualité*. Toulouse, Champs du Signe, 2007, pp. 23-45.

Título	*O Acento de Conteúdo: Semiótica do Mais e do Menos*
Autor	Luiz Tatit
Editor	Plinio Martins Filho
Preparação de Texto	Carolina Bednarek
Editoração Eletrônica e Capa	Jorge Buzzo
Papel	Chambril Avena 80 g/m^2 (miolo) Cartão Supremo 250 g/m^2 (capa)
Formato	14 × 21 cm
Número de Páginas	240
Tipologia	Minion Pro
Impressão e Acabamento	Bartira Gráfica